U0114175

衔尾蛇书系 · 认知科学前沿典藏

心智

大脑的预测与意识

（E.Bruce Goldstein）

[美] E.布鲁斯·戈尔茨坦 _ 著

刘林澍 _ 译

机械工业出版社
CHINA MACHINE PRESS

心智涵盖了我们所体验的一切。这些体验是大脑创造的，且我们通常意识不到这个创造的过程。体验具有私人性，我们无法知悉他人的体验，但我们也同样无从了解自己的大脑里在发生些什么。本书以一种通俗易懂且引人入胜的方式解释了心智及其与大脑的关联，出发点就是以下两个问题：什么是心智？什么是意识？

E, Bruce Goldstein, The Mind: Consciousness, Prediction, and the Brain

ISBN 978 – 0262044066

Copyright © 2020 Massachusetts Institute of Technology

Simplified Chinese Translation Copyright © 2023 by China Machine Press. This edition is authorized for sale in the Chinese mainland (excluding Hong Kong SAR, Macao SAR and Taiwan).

北京市版权局著作权合同登记　图字：01 – 2022 – 1145 号。

图书在版编目（CIP）数据

心智：大脑的预测与意识／（美）E. 布鲁斯·戈尔茨坦（E. Bruce Goldstein）著；刘林澍译.—北京：机械工业出版社，2023.6

书名原文：The Mind：Consciousness, Prediction, and the Brain

ISBN 978 – 7 – 111 – 73106 – 1

Ⅰ.①心… Ⅱ.①E… ②刘… Ⅲ.①心理学-通俗读物 Ⅳ.①B84 – 49

中国国家版本馆 CIP 数据核字（2023）第 076159 号

机械工业出版社（北京市百万庄大街 22 号　邮政编码 100037）
策划编辑：坚喜斌　　　　　　责任编辑：坚喜斌　侯春鹏
责任校对：王荣庆　卢志坚　　责任印制：张　博
北京汇林印务有限公司印刷
2023 年 7 月第 1 版第 1 次印刷
145mm×210mm・8.75 印张・3 插页・151 千字
标准书号：ISBN 978 – 7 – 111 – 73106 – 1
定价：68.00 元

电话服务　　　　　　　　　　　网络服务
客服电话：010 – 88361066　　　机 工 官 网：www.cmpbook.com
　　　　　010 – 88379833　　　机 工 官 博：weibo.com/cmp1952
　　　　　010 – 68326294　　　金 书 网：www.golden-book.com
封底无防伪标均为盗版　　　　　机工教育服务网：www.cmpedu.com

引 言

The
Mind

一本以《心智》为名的小书该安排些什么内容？这是一个问题。问题的关键是，心智决定了我们经验的一切，此外，还决定了许许多多我们甚至都没有意识到的事物（这些事物创造了我们的经验）。它密切关联于我们的知觉、动作、阅读、聆听、思维、感受，以及我们与他人的互动，诸如此类。因此首先能确定的是，这样一本不到十万字的小书绝无可能涵盖心智的方方面面——即便将篇幅扩充一百倍也未必足够。不过，我倒是想挑战一下。

我将以我在匹兹堡大学、亚利桑那大学和卡内基梅隆大学的 Osher 终身学习学院（Osher Lifetime Learning Institute，OLLI）教授的《心智》课程为出发点，这门课程从一开始就提出了三个问题："什么是心智？""什么是意识？"以及"什么构成了心智中无意识的部分？"这些讨论会向许多有趣的方向延伸，比如"拥有意识是一种怎样的感觉？"（What is it like to be conscious?）"非人类动物有意识吗？""我们能否经验他人所经验的？""决策真的涉及无意识的过程吗？"……最终，这些问题将无可避免地将我们引向大脑——它创造了我们所有的经验，而且这一切大都发生在"幕后"，在我们觉知不到的地方。

我将这些内容安排在第 1 章至第 3 章，它们都是些最基本的介绍，那剩下的一半篇幅该聊点儿什么呢？如何涵盖那些典型的认知功能，像知觉、记忆、语言，以及心智的其他方方面面？篇幅有限，我显然不可能每章就聊一种功能，因此，我决定聚焦在一个所有认知功能都无法回避的原则上。

这个原则就是预测，也就是猜测接下来会发生些什么。第 4 章和第 5 章涉及眼动、视觉对象的知觉、触觉感知、语言、音乐、记忆和社会互动。这两章的内容会揭示一个理念，那就是不同的认知功能其实分享同一个底层原则。预测眼球接下来会转向哪里和预测一个人下一步会做些什么都涉及自动化的预测机制，分别作用于局部的眼动和个体水平的认知。这意味着预测有望成为心智的"通用解释原则"。此外，我们还将分别在生理和行为层面探讨预测机制（比如句子的可预测性将如何影响神经激活模式，进而左右阅读）。

那最后一章该聊些什么呢？在初稿中，我安排好章节，分别描述心智游移（mind wandering）、思维和社会互动，每一种行为都很重要。但是到头来，我回看这些章节，扪心自问："这些行为及相应的生理过程都和预测相关，但它们有什么共同之处？"答案很明显：它们都涉及大脑中不同区域间的"沟通"。这些跨脑区的关联对预测和大多数认知功能都如此重要，将其作为最终章的主题不失为一个好主意！毕竟心智不是某个特异化的脑区所产生的，而是在连接不同区域的"神经路网"中涌现、由整个大脑创造出来的。

因此，尽管谈不上有多全面，本书致力于总览式地介绍古老的心智问题，并描绘最新的研究进展。这个领域堪称日新月异，也许你在十年后回看这些研究会发现，如今我们正位于某些"了不得的变革"的临界点。我热情地向你推荐这本书，尽管它很简洁，却能让你一窥那些关于心智我们已经了解的，以及正在揭示的最有趣的事实。

致　谢

The
Mind

XI　　　　　我想在这里感谢许多人，多年来他们审阅了我的一系列作品——包括《感觉与知觉》（*Sensation and Perception*，自 1980 年至 2017 年共发行 10 版）和《认知心理学》（*Cognitive Psychology*，自 2001 年至 2019 年共发行 5 版）——并提供反馈。对这本书，他们同样不辞辛苦。感谢 Tessa Warren 提醒我预测对认知过程的重要性；感谢 Jessica Hana-Andrews 协助我搭建了全书的基本架构；感谢 MIT 出版社的匿名审稿人为终稿和引言提供的宝贵意见。Marianne Taflinger 是我的《认知心理学》最初几版的编辑，感谢她不遗余力的支持；我要特别感谢 Shannon LeMay-Finn，她曾为我的好几版教材提供了建设性的意见，也通读了这本书，是她的建议让这本书读起来更清晰流畅。我还要感谢 Osher 终身学习学院（OLLI），在学院的支持下，我得以向匹兹堡大学、卡内基梅隆大学和亚利桑那大学的"老同学"们教授关于心智的课程，这门课构成了本书前三章的基础。

我要特别感谢 MIT 出版社的 Phil Laughlin 给予本书的坚定支持；感谢 Judith Feldmann 让本书从手稿变成了铅字；感谢 Alex Hoopes 如此高效地为本书征得了所有引用许可；也感谢 Mary Reilly，她的润饰让书中的插图更加清楚也更加美观。

最后，本书献给两个人，他们在我的人生中扮演最为关键的角色：一个是 Wadsworth 出版公司的 Ken King，他在 1976 年"发现"了我，当时我还是匹兹堡大学一名籍籍无名的助理教授。他说服我创作《感觉与知觉》，对书的出版和后续的改版尽心尽力。另一个，也是最为重要的，我亲爱的妻子 Barbara，一路走来的岁月里，感谢你温暖的陪伴和无条件的支持！

目 录

第1章 对心智的简介

The
Mind

16 年前，一个病人（我们且叫他 Sam）因受伤而昏迷，而且再也没有苏醒——在护理机构中他就那么躺着，毫无有知觉的迹象，也无法和任何人沟通。看着他，你会觉得那具躯壳中已经"没人"了。但事实果真如此吗？Sam 不会动，对刺激也没有反应，但这是否意味着他的心智之火已经熄灭？有没有这样一种可能性：那双始终盯着虚空的、看似无神的双眼依然能够知觉，而且这些知觉依然会产生思想？

Lorina Naci 和同事们对这些问题很感兴趣，于是他们将 Sam 推进了一台仪器，先扫描他脑中起伏的神经电活动，再给他播放一段 8 分钟的电影片段，摘自希区柯克的作品《砰！你挂了》（"*Bang！You're Dead.*"）。[1] 短片中一个五岁的男孩找到了叔叔的左轮枪，装上几颗子弹后在卧室里玩，假装自己在开枪——嘴里"砰""砰"地配音，但没有真的扣动扳机。

但是，当男孩进入客厅（他的父母正在招待许多客人），这场闹剧就升级了。他威胁性地用枪指着客人们，嘴里说着"砰""砰"，假装在开枪。但他真会扣动扳机吗？会有人被干掉吗？这些问题会瞬间出现在观众们的脑海中（人们称希区柯克"悬念大师"是有道理的）。短片的结尾，枪响了，子弹击碎了一面镜子。男孩的父亲夺过手枪，观众们这才松了一口气。

如果我们让一个健康的观众躺在扫描仪中看这个短片，他的大脑活动就会与短片的内容相关联。在悬念丛生之时（比如男孩正将手枪指向某人），神经活动最为激烈。显然，让大脑做出反应的不仅是屏幕上的明暗排列和影像，还有当下的情节。而且——这一点很重要——要理解情节，就要理解一些没有在屏幕上放映出来的东西，比如手枪为什么重要（因为上膛后它很危险）、手枪能用来做什么（能用来杀人），以及一个五岁的孩子很可能没法意识到自己会意外地把某人干掉。

所以，Sam 的大脑对这段短片作何反应呢？令人震惊的是，与健康被试的大脑反应模式一模一样：当情节变得紧张，他大脑中的神经活动更加激烈；危险解除后又会平

缓下来。显然 Sam 不仅看见了影像、听见了声音，还能
对故事情节做出反应。这些脑部活动表明 Sam 能有意识
地知觉：那具身体中"有人"。

　　Sam 的故事告诉我们：有些人尽管表面看起来没有意
识、"失去了知觉"，事实却不然。如果我们试图理解心
智，这一点就至关重要。它传达出一个讯息：心智行事神
秘。Sam 是个极端的例子，因为他既不动弹，也不说话。
但健康常人的心智也同样隐秘。我们其实并不知道 Sam
到底有没有"经验"到什么，就像我们其实没法"经验"
他人"经验"的任何事，即便他们能将眼中所见、心中
所思清楚地表述出来。

　　虽说你觉得自己在看着什么、想着什么再清楚明白不
过，但你其实对脑袋里正在发生的事完全没有头绪——至
少对它们中的大部分是这样。比如说，你知道这会儿自己
正在阅读，也知道大脑正在运行某些"后台程序"，但这
些"后台程序"是在"意识阈"下运行的，而正是它们
让你能够理解这些文字所传达的意思。

　　往下读这本书，你会了解相关研究如何揭示心智运行
的许多秘密。这关系重大。因为心智不仅赋予你阅读文
本、理解电影情节的能力，还塑造了你的身份与行为模
式。心智创造了你的思想、知觉、欲望、情绪、记忆、语

3

言和身体行动，指导你做出决策、解决问题。常有人将心智类比为计算机，但你的"大脑计算机"其实在很多任务中的表现都要优于你的智能手机、笔记本电脑，甚至优于强大的超级计算机。此外，心智还能做成一些计算机做梦都想不到的事（假如它们真会做梦）：它创造了你的意识，让你能觉知到外部世界、感受到自己的身体状态——简而言之，让你了解"身为你自己是一种怎样的感觉"（what it is like to be you）。

在本书中，我们将探索心智是什么、它能做些什么，以及它怎样做。第一步是回顾心智的一些主要成就。我们将看到心智一点儿也不单调：它包含多个方面，涉及多种功能与机制。

4　多面之心

我们可以用一种取巧的方式来感受一下心智的多面性：看看"心智"（mind）这个词在句子中的多种含义，以下只是一些例子。

（1）心智与记忆有关——"他能记起事情发生当天自己在做什么。"（He was able to call to mind what he was doing on the day of the accident.）

（2）心智与问题解决有关——"如果你用点儿心，保准能解出这道数学题。"（If you put your mind to it, I'm sure you can solve the math problem.）

（3）心智与决策有关——"关于那个，我还没决定呢。"（I haven't made up my mind yet. / I'm of two minds about that.）

（4）心智与社会互动有关——"我太了解你了，知道你的心思。"（I know you well enough to read your mind.）或"你把我看穿了。"（You read my mind.）

（5）心智与心理健康有关——"他身心健康。"（He is of sound mind and body.）或"他神志不清了。"（He is out of his mind.）

（6）心智很宝贵——"头脑经不起浪费。"（A mind is a terrible thing to waste.）

（7）某些人的心智极具创造性，或堪称典范——他有一颗美丽的心灵。（He has a beautiful mind.）[2]

这些表述向我们揭示了心智的一些重要功能。第一句到第四句反映心智在记忆、问题解决、决策和社会互动中都发挥了作用，这就与对"心智"的如下定义关联起来了：

心智创造并控制知觉、注意、记忆、情绪、语言、决策、思维和推理等功能，并指导我们采取身体行动来实现目标。

第五句到第七句强调了心智在宽泛意义上的重要性。心智与我们的健康相关、经不起浪费，而且可以非常美丽、不同凡响。不过，本书想要传递的基本理念之一，是心智之令人惊叹，不仅限于那些"美丽"的、"不同凡响"的例子。考虑到心智的具体特性，即便它最稀松平常的那些功能——比如让我们认出熟人、日常闲聊，或在逛超市的时候决定买什么东西——已足够令人惊叹了。

那这些具体特性指的是什么呢？心智有哪些基本特征，它又是如何运作的？一本叫《心智》的书不能不去回答这些问题。心智很忙，而且心智完成的工作其实大都比它们乍看上去要复杂得多。举个最寻常的例子：我们只要睁开眼睛就能看见前方的场景。你也许会觉得这事儿没什么大不了：光线从场景中反射回来，在眼底的视网膜上形成了描绘场景的画面——不就这么简单吗？

但知觉其实远比这复杂得多。一个最大的难题就是：视网膜上描绘前方场景的画面其实非常模棱两可。当视网膜将"外头"的三维场景信息表征为二维画面，场景中

"深度"不同的对象在画面中就可能彼此相邻。平时你甚至不会意识到这一点，但有个好办法能让你体会一下：闭上一只眼睛，将一根手指举到面前，让它在视野中接近一个其实距离很远的物体，你就会将它们"看成"彼此相邻！心智解决了这个"邻接问题"（以及许多其他类似的问题），这样我们就不必专门加以处理：只要睁开眼睛，就能看得真切！

另一个我们应付得轻而易举，但其实相当复杂的任务是理解语言。语言刺激就像视知觉刺激一样，可以是模棱两可的——同一个词在不同的语境和句子结构中完全可以有不同的意思。比如以下这两句话：

6

（1）光阴似箭。（Time flies like an arrow.）

（2）果蝇爱吃香蕉（Fruit flies like a banana.）

这两句话其实包含许多深意，首先"flies"这个词的意思就不一样（在第一句里，它表示一种移动方式；在第二句里，它是一种小虫子），其次"like"的含义也各不相同（在第一句里它表示比喻，你可以用"similar to"代替它；在第二句里它代表"中意"，可以用"appreciate"代替）。即便像这样简单、没有歧义的句子其实也比它们看上去的样子复杂得多。当你读到"车子飞下大桥"（a car flew off the bridge）这句话时，你非常清楚车子没长翅膀，也不会像飞机一样飞翔。其实这会儿你应该已经开始猜测这辆车是不是遭遇了什么事故；接下来它是会沉入水中，还是会撞毁在地上；大桥是不是也受了什么损伤；以及司机的结局是身受重伤还是更惨。这一切想法全都来自一句话——它只有六个字（词）！

　　像知觉和语言理解这样的认知任务其实要求非常之高，但心智似乎让我们轻而易举就能完成它们。这一点告诉我们心智不仅仅是一台为对象与意义归类的"身份验证机"，而且是一个超级复杂的问题解决程序，能调用我们意识阈限之下的各种机制与进程。我们还将看到，这些内隐的机制通常都会使用我们所积累的关于世界的知识，比如，从过去的经验里，我们知道说一辆车"飞下大桥"通常都不是说它真的在飞。

　　在开始探索心智的复杂性以前，我们将回顾上一个关于心智的定义中列出的各项功能，但只会从中挑出几项来具体说一下。接下来，我们将进一步聚焦于科研工作的成果，包括控制性的观察与实证研究的结论。围绕心智的科研工作非常有趣，正如甲壳虫乐队那支著名的曲子——《漫漫曲折路》（*The Long and Winding Road*）。

7

心智研究方法

我们将以 Franciscus Donders 的实验为出发点，开始对心智科研工作的讨论。Donders 的研究强调了一个事实，那就是我们没法直接测量心智。

Donders 开创性的实验

19 世纪中叶，乌得勒支大学生理学教授 Franciscus Donders（1818—1889）首次尝试在实验室环境中测量心智。[3]Donders 想知道人做出一个具体决定的时间有多长。为了回答这个问题，他在两种条件下测量了被试的反应时。条件一是测量"简单反应时"：被试只要看见屏幕显示的闪光，就要立刻按键，"简单反应时"就是闪光与按键动作的时差。条件二是测量"选择反应时"：现在闪光可能出现在屏幕左侧或右侧，若出现在左侧，则被试要按下左键；若出现在右侧，则被试要按下右键。这就将"我该按下哪个键"这一决策包含在内了。

Donders 发现"选择反应时"要比"简单反应时"长约 0.1 秒，据此得出结论：在当前实验情境下，被试做出决策要花的时间就是 0.1 秒。测量看不见、摸不着的决策

8

过程已经有点儿唬人了，但这个实验真正的重要之处是
Donders 的推理过程，我们可以用图 1-1 来描绘一下：

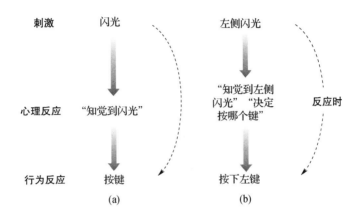

图 1-1

Donders 实验中刺激与行为反应间的事件序列：（a）简单反应时任务，
（b）选择反应时任务。虚线表示 Donders 测量的反应时，即闪光（事
件 1）与按键（事件 2）的间隔时间。请注意，Donders 并未直接测量
心理反应，而是依据测得的反应时对其进行推测

　　在简单条件（图 1-1a）和选择条件（图 1-1b）
下，分别测量刺激（闪光）与行为反应（按键）的间隔
时间，不直接测量心理反应（看见闪光、决定按哪个
键）。被试在选择条件下做出反应的时间比在简单条件下
长 0.1 秒，Donders 据此推测这 0.1 秒就是决策所需的额
外"心理时间"。

9　　　　　细究 Donders 的方法，为测量做出决策所需的时间，

他假设"选择任务"中额外的心理活动包括判断闪光发生在哪一侧，以及决定按哪个键。他其实并没有目睹被试做这些决策，只是推测这些看不见的决策导致被试的反应变慢了。

在19世纪后半叶，还有一些研究采用了Donders的范式。德国心理学家Hermann Ebbinghaus（1850—1909）使用无意义的字符串（比如IUL、ZRT或FXP）研究记忆，测量在不同时间间隔后被试对这些字符串的记忆准确性。[4]他利用搜集的数据绘制了"遗忘曲线"，揭示了被试记忆中字符串的数量随时间流逝而不断减少的具体模式。Ebbinghaus的研究非常重要，因为它首次用图形描绘了一个特定心智功能（记忆）的具体特点。

19世纪末，围绕心智的实证研究似乎正要迈上正轨，但在曙光乍现之时，一系列重要事件让这一切戛然而止，其中之一就是Wilhelm Wundt（1832—1920）于1879年在莱比锡大学创建了第一个心理学实验室。Wundt为心理学最终脱离哲学，成为一门真正意义上独立的实证科学做出了不可磨灭的贡献，但他主张借助内省研究心智的具体成分，又让心智研究在20世纪初陷入了停滞。

Wundt的方法被称为"分析性内省"（analytic introspection），参与研究的被试需要描述自己的经验。比如

10 说，在一个实验中，Wundt 要求被试描述自己听到一个在钢琴上弹奏的五音和弦时的体验，他想知道被试能否将组成该和弦的五个音都听出来。

虽说一百多年后的今天，这种"自我报告法"重新在心理学实验中得到广泛的使用，Wundt 当时的研究结果在相当程度上却是"因人而异"的。这一事实惹恼了 John B. Watson（1878—1958），在 1900 年，他还是芝加哥大学心理学系的一名研究生。对当时研究者无法检验被试的口头报告这一点，Watson 一直心怀不满，他认为如果心理学真的要成为一门严肃的实证科学，就必须做出一些改变，于是他怀着极大的热情开始改造心理学，尝试将心智研究"扫地出门"。

行为主义与心智研究的停滞

20 世纪初，Watson 创立了行为主义，让围绕心智的研究陷入了停滞。Watson 在他发表于 1913 年的《行为主义者眼中的心理学》一文中陈述了行为主义的主旨：

行为主义者眼中的心理学是纯粹客观的，属于实证性自然科学的一个分支。这门学科的理论目标是预测与控制行为，它不以内省为基本研究方法，相关数据的科学价值也不取决于它们能否从意识的角度加以描述。……我们从事的是一项开创性的工作：推动心理学的研究目标从意识转向行为。[5]

Watson 在文中否认内省的方法论地位，主张心理学的主要研究对象应该是可观察的行为，而非头脑中发生的事件（也就是那些不可观察的过程，包括思维、情绪和推理）。为强调他对传统心智研究的反对，他进一步声称"心理学不应再自欺欺人地认为它能将心理状态作为观察对象"。

换句话说，Watson 将心理学的研究对象局限在行为数据上，反对"越过"这些数据，对不可观察的心理事件实施推理并得出结论的做法。Watson 最广为人知的研究就是"小阿尔伯特实验"，在这项实验中，Watson 和 Rosalie Rayner[6]使用了 Ivan Pavlov 的经典条件作用范式[7]。Pavlov 在 19 世纪 90 年代的一系列实验中将食物与铃声联系起来，通过训练，让狗只要听见铃声就分泌唾液。Watson 将一声巨响和一只小兔联系起来，让原本喜爱小兔的小阿尔伯特最终对小兔产生恐惧。在 Watson 看来，条件作用已足以解释许多人类行为，无需推断头脑中发生了什么事情。

行为主义很快开始在美国心理学界大行其道，心理学

11

家们原先问的是："关于心智，行为能告诉我们些什么?"
在行为主义的影响下，他们开始关心"关于行为，人类
与动物对刺激的反应模式能告诉我们些什么?"

后来，B. F. Skinner（1904—1990）设计了一套行为
测量方法，称为"操作性条件作用"。经过训练的小鼠和
鸽子会按压杠杆，获取食物奖励。Skinner 用这种方法展
示了"强化程序"（在动物按压杠杆时以何种频率和模式
分发食物奖励）和动物按压杠杆这一行为间的关联。举
个例子，要是小鼠每次按压杠杆都能获得奖励，它按压杠
杆的频次和模式会与每按压五次杠杆才获得一次奖励时明
显不同。[8]

12　　　　Skinner 的系统富有美感——它十分客观，因此无疑
是"科学的"。操作性条件作用在实践中得到了广泛应
用，比如"行为疗法"就通过控制奖励原则，纠正患者
不恰当的行为。但一些变化还是在 20 世纪中叶开始发生，
心理学界和大众文化即将见证心智研究的一场复兴。

朝向心智研究的范式转移

20 世纪 50 年代，行为主义在心理学界依然占据统治
地位，但有迹象表明，一场范式转移正在酝酿中。所谓范
式，指的是特定时期的科研工作中相关概念与实验程序构

成的一个体系，范式转移指的是从一种主流范式向另一种主流范式的转变。[9]

在科研领域，范式转移的一个例子是 20 世纪初经典物理学（基于 Isaac Newton 和 18、19 世纪其他学者的工作）到现代物理学（基于 Einstein 的相对论，及一众学者推动的量子理论的发展）的演进。类似地，从只关注可观察行为的行为主义到认知心理学的发展构成了 20 世纪 50 年代心理学的范式转移。这是心理学史上的一大步：人们开始用可观察的行为推断心智的具体运行方式。

推动上述范式转移的一个重要事件，是 IBM 于 1954 年推出了面向大众用户的计算机。与今天的笔记本电脑相比，这些早期的计算机其实还都是些庞然大物，但它们很快进入了大学的实验室，被用于分析数据，更重要的是，它们启迪了一种对心智的新见解。

计算机之所以能吸引心理学家的关注，其中一个原因就是它们以一种分步的方式加工信息，如图 1 – 2a 所示。我们能看到，"输入处理器"接收信息，将其转至"内存单元"，以备"运算单元"进一步处理后生成计算机的输出。一些心理学家从这种分步式信息加工模式中获得了灵感，设计出心智研究的信息加工范式。根据这套范式，心智的运行可描述为一连串信息加工步骤。

13

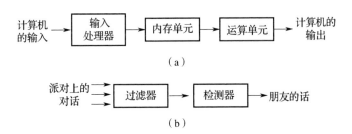

图 1–2

（a）简化的计算机运行流程图 （b）Broadbent 的心智流程图

　　图 1–2b 描绘了心智运行早期步骤的一个范例，由英国心理学家 Donald Broadbent 于 1958 年提出。[10]启迪他的是一系列实验，这些实验旨在检测人们能否从许多同时呈现的讯息中提取出相关的那一条：这种事很常见，当你在一场派对上和朋友聊天，你其实已经忽略了周围其他人的交谈。Colin Cherry 在实验条件下研究了这一现象[11]，他让被试戴上耳机，左耳和右耳分别播放不同的音频材料，要求他们专注于其中一段讯息（关注点）并尝试忽略另一段（非关注点）。比如要求被试专注于左耳听见的——"Sam 盼望着假期和家人团聚……"而忽略右耳听见的——"有些人认为，是心智让我们成其为人……"。

　　当被试聚焦于关注点时，他们能清楚地听出相关讯息，同时，他们会说另一只耳机中也有人讲话，但听不出内容。图 1–2b 描绘了 Broadbent 对这种现象的解读。此时"输入"是许多条讯息，就像在派对上叽叽喳喳的对话一样。这些讯息会进入"过滤器",后者会将除朋友外其他人说的话滤去:只有朋友的话能进入"检测器",并将相应的内容传递给你。Broadbent 的流程图提供了一种分析心智运行的方法:将其视为分步式信息加工过程,据此提出假设供后续实验检验。

当时醉心于设计心智研究新方法的不止 Cherry 和 Broadbent 两位,达特茅斯学院一位年轻的教授 John McCarthy 也有些点子。McCarthy 想,有没有可能写一个程序来模拟人类心智的运行?为此,McCarthy 于 1956 年在达特茅斯学院召集了一次会议,探讨如何为计算机编程才能让它们产生智能行为。这次会议的名称——"人工智能夏季研究项目"(Summer Research Project on Artificial Intelligence)标志着"人工智能"这个术语首次登上历史舞台。McCarthy 将人工智能研究定义为"让一台机器以类似于人类的方式产生'智能'行为"。[12]

这次会议吸引了大批专家,他们的学科背景各不相同,包括但不限于心理学、数学、计算机科学、语言学和信息理论。会一共开了十周,临近结束时,两位与会者——卡内基工学院的 Herb Simon 和 Alan Newell——展示了一个计算机程序,他们称之为"逻辑理论家"(Logic Theorist)。这是一个革命性的程序,它能自行生成数学定

15

理的逻辑证明。尽管"逻辑理论家"相较于今天的人工智能程序还十分原始，但它确实是一台真正的"会思考的机器"，因为它能像人一样借助推理解决问题，而不是单纯地处理数字。

达特茅斯会议结束后不久，"麻省理工学院信息理论研讨会"（Massachusetts Institute of Technology Symposium on Information Theory）于同年 9 月召开。这是另一场足以载入史册的会议。Newell 和 Simon 在会上再次展示了"逻辑理论家"，与会者还听取了哈佛大学心理学家 George Miller 的论文报告《神奇的数字 7：加减 2》（*The Magical Number Seven*, *Plus or Minus Two*）。[13] 在这篇论文中，Miller 提出了一个观点：我们的信息加工能力是有极限的——人类大脑的这个极限大约是 7 个信息单元，差不多是一个电话号码的长度（不包括区号）。

上面回顾的一系列事件——Cherry 的实验、Broadbent 的"过滤器"模型，以及 1956 年的两个重要会议——标志着心理学的范式转移，即所谓"认知革命"的开端。但值得一提的是，从行为主义到认知主义的转移（尽管的确是革命性的）实际上经历了一段时间。1956 年那两场会议的与会科学家们当时并不知道多年后人们依然会不断提起这两场会议——在科学史上，1956 年已被誉为

16

"认知科学元年"。[14]

讽刺的是，1957 年，B. F. Skinner 的著作《语言行为》（*Verbal Behavior*）面世，成为了心智回归科学舞台的另一个标志性事件。[15] Skinner 在书中指出，儿童通过操作性条件作用习得语言。根据这个观点，儿童以正确的方式模仿他们听见的话，因为这样做会有奖励。但在 1959 年，麻省理工学院的语言学家 Noam Chomsky 在一篇综述中毫不留情地批驳了 Skinner 的观点。Chomsky 指出，儿童说的许多句子其实都不会得到奖励（"我讨厌你，妈妈！"——举个例子），而且正常的语言发展过程包括一个阶段，在这个阶段儿童会说出一些语法不准确的句子，像"the boy hitted the ball"，他们能说出这样的句子当然不会是因为被强化了。[16]

Chomsky 认为决定语言发展的不是模仿或强化，而是与生俱来的生物程序，这种程序不因文化而异。语言是心智架构的产物，而不是强化的结果，Chomsky 的这个观点让心理学家开始重新审视将语言和其他复杂行为（比如问题解决和推理）归于操作性条件作用的主张。不少人开始意识到要理解复杂的认知现象，不仅要测量可观察的行为，还要考虑这种行为所揭示的幕后心智运行模式。

随着越来越多的心理学家开始对心智研究重燃热情，

17

Ulrich Neisser 于 1967 年出版了第一部《认知心理学》教科书[17]，研究心智的心理学家们也开始自称"认知心理学家"。围绕记忆、语言和问题解决的信息加工过程，他们绘制了越来越多的流程图，让旨在揭示心智内部机制的信息加工范式深入人心，而行为主义也逐渐淡出了人们的视野。[18]

与此同时的大众文化

就我们的关注点而言，"认知革命"在 20 世纪五六十年代深刻地影响了整个心理学界，为心智研究的回归铺平了道路。但与此同时，另一场革命也在发生，那就是 20 世纪 60 年代的"反文化运动"。乍看起来，这场运动——在那个载入史册的"爱之夏"，嬉皮士们群居于旧金山的一场狂欢——似乎与心理学研究扯不上什么干系。但正如 Adam Smith 在《心灵之力》（*Powers of Mind*）一书中所记载的那样，它与"认知革命"有一个重要的共同点，都将关注点投向了内心。[19]

20 世纪 60 年代的这场社会运动如何称得上是一场"革命"？要回答这个问题，我们得向前回溯一下。1953 年，Dwight D. Eisenhower 还是美国总统，美国人依旧沉迷于追求"美国梦"，他们努力工作，希望有朝一日能在

市郊的新开发区买一座自己的房子，旁边还有购物中心和
快餐店（第一家麦当劳于 1956 年开始营业）。那个时代
的标志之一是情景喜剧 *Leave It to Beaver*（同名电影《反
斗小宝贝》于 1997 年上映），该剧首映于 1957 年，一共
拍了 6 季，描述主角 Cleaver 一家的日常生活，这家人在
20 世纪五六十年代堪称"模范家庭"：丈夫 Ward Cleaver
早出晚归，赚钱养家；妻子 Jun Cleaver 操持家务，照
顾俩娃。

但是，Cleaver 一家的日子在当时的美国并非典型。
1961 年，美国卷入越南战争，民间抗议之声四起。
Timothy Leary 当时是哈佛大学的一名教授，他开始研究一
种致幻剂：麦角酸二乙基酰胺（lysergic acid diethylamide,
LSD），并将自己的"发现"广而告之：迷幻药能让服用
者"凝聚精神、融入万物、放飞灵魂"（Turn on, tune in,
and drop out）。随即，越来越多的年轻人开始吸食大麻，
投身反文化运动的嬉皮士们只是其中的一部分。1969 年
夏，40 万青年汇聚在伍德斯托克（Woodstock），在迷幻
药与音乐的烘托下，沉醉于嬉皮文化最盛大的一场狂欢
之中。

之所以说这些事件与心智研究有关，是因为 20 世纪
60 年代这场反文化运动的主题之一正是"拓展心灵"。服

用药物是一种方法，尽管许多人只是为了"找乐子"，但也确实有人视其为获取"更高灵感"的途径。[20] 此外。在嬉皮士们沉醉于幻觉不能自拔的同时，科学家们也开始探索 LSD 生效的原理，以及如何将其用于临床治疗。[21] 20 世纪 60 年代末，美国政府宣布管制迷幻药，这些研究不得不中止。但近年来，一些研究者开始尝试用 21 世纪的先进技术探索药物摄入与大脑中的生理事件有何关联。[22]

19　　　　另一场与心智有关的流行运动是"人类潜能开发运动"（human potential movement），这场运动由依莎兰学院（Esalen Institute）发起，学院成立于 1962 年，位于旧金山以南 160 英里，加利福尼亚州的大瑟尔（Big Sur），坐落在峭壁之上，俯瞰太平洋。依莎兰学院以自我觉知研讨会、讲座，以及瑜伽、冥想等活动为特色，如今仍在运营，并已在全美各地孵化了多家类似机构。

依莎兰学院组织的活动中以冥想最为重要。尽管在 20 世纪 60 年代，许多美国人还觉得冥想十分"怪异"或富于"异域风情"，但如今这项活动已被广泛接受，针对其效果和机制也已有数千项研究。[23]

这一切都发生在 20 世纪 60 年代——将心智定义为信息加工过程的认知革命、精神活性药物的流行、重视冥想的人类潜能开发运动——它们都在某种意义上与心灵有

关。此外，它们还有一个共同点：都关注大脑制造的现象
经验。"但是，"你可能会问，"难道我们经验的一切不都
是大脑创造的吗？"对此（正如你所预料的那样）我的回
答是："是的。"但在开始讨论针对大脑的研究前，我得
提醒你，并非人人对此都不持异议。

心-脑怀疑论

主张"心-脑区隔"的代表人物是 René Descartes
(1596—1650)。Descartes 的心-脑立场被称为"笛卡尔
二元论"。他认为心智与大脑由不同的"物质"
(substance) 构成，并将大脑基底部的松果体视为心智与
大脑的交互之处，但关于这种交互如何实现，他并未提供
任何细节。以下是 Descartes 在《方法论》（*Discourse on
the Method*）一书[24]中记录的、关于心智与大脑拥有不同
"物质"基底的推论过程：

20

———

1. 我能想象我其实没有身体，也能想象在我之外世
   界其实并不存在。
2. 但因为我能想象，因此我没法想象我不存在。

上述第二点引出了著名的论断"Cogito ergo sum"，即
"我思，故我在"。关于自我，Descartes 认为其"本质或

曰实质就是思考，无需存在于某个地点，或依赖于某种有形事物"（6：32—33）。这里的关键是：思考无需依赖于有形事物。鉴于大脑就是一种"有形事物"，Descartes 断言会思考的心智不依赖大脑。

居于 Descartes 哲学体系中心的是神与灵性，因此他声称神创造了心智与身体，这并不令人惊奇。关于大脑，另一种同样唯心的观点来自畅销书作家 Deepak Chopra[25]，他信奉印度教哲学分支吠檀多。Chopra 不否认大脑具有某些功能，但强调因为生物学尚未解释许多与心智有关的问题，我们要认识心智，就不能局限于大脑，而是要关注"有意识的宇宙"的方方面面。Chopra 的推理晦涩难懂，他最后的结论是：心智不仅属于拥有大脑的有机体，宇宙万物俱有意识。（在第 2 章中，我们会谈到意识是心智的产物，所以当 Chopra 谈论"意识"的时候，他指的其实就是心智。）

另一种"心–脑区隔"的观点来自对体外经验（out-of-body experiences，OBEs）的描绘。OBE 指这样一种体验：一个人虽然处于清醒状态，却感觉他或她的自我（或经验中心）跑到身体外头去了。有时 OBE 伴随"自体幻视"（autoscopy），当事人会觉得自己正飘在空中，还能看见自己的身体（比如说）正躺在床上。[26]以下是一

21

段 OBE 体验的描绘：

> 我躺在床上，正要入睡，这时我产生了一种奇异的感
> 觉，仿佛"我"飘到了天花板上，向下注视着床上
> 的那具身体。我十分震惊，简直要吓坏了，随后我感
> 觉自己突然又精确地回到了那张床上。[27]

OBE 常被认为与精神疾病有关，如精神分裂症、抑
郁症或人格障碍，也可能指向神经系统疾病，如癫痫。此
外正常人群中约 10% 也曾有过这种体验。[28]

OBE 的真实性是没有争议的，但其诱因并不明朗。
对此有两派观点相互竞争：其中之一主张 OBE 代表了当
事人将自己的人格向空间中投射，因此佐证了身心分离的
观点。然而，这种对 OBE 的唯心主义解释并没有得到大
多数生理学家的支持，后者将这种现象视为正常生理心理
过程的结果。

OBE 与大脑运行过程有关的证据之一，是大麻和 LSD
等药物会提高 OBE 的发生率，很可能是因为这些药物会
作用于大脑。Dirk De Ridder 和同事们为治疗一位病人的
耳鸣，用微电流刺激他颞叶的某处。此举虽未能减轻耳鸣
症状，却导致病人产生了 OBE，进一步坐实了 OBE 与脑

内事件有关。[29] 当病人体验 OBE 时，研究者扫描了他的大脑，在颞叶的某些区域检测到了激活，这些区域涉及体感系统与前庭系统，与身体表面的感觉和平衡觉有关。诸如此类的发现让研究者们猜测，体感系统与前庭系统的紊乱可能是导致 OBE 的元凶。[30]

OBE 有时与"濒死体验"（near-death experience，NDE）同时发生。一些突发急病（如心脏骤停）但经抢救脱离生命危险的患者会在事后报告 NDE。典型的体验是，他们会觉得自己飘了起来（OBE），然后看见了一条"隧道"，视野中充斥着耀眼的白光或金光，还能看见其他人，看见他们一生的经历在眼前闪过。对 NDE 的唯心主义解释是灵魂离开了身体，准备进入崇高的"灵界"，有时这也被称为"死后生命假说"（afterlife hypothesis）。[31]

Eben Alexander 是一位神经外科医生，他在一次 NDE 后写了一本书——《天国的证据》（*Proof of Heaven*），描绘自己的濒死体验，并尝试解释它为何发生。[32] 他坚持认为"进入深度昏迷后，我的大脑并非以一种异常的方式在运行，而是完全停止了运行"。换言之，根据 Alexander 的说法，他的 NDE 是在大脑死亡后产生的。由此他断定 NDE 证明经验无需依赖大脑，至少他自己的例子表明"天国"确实存在。Pim Van Lommel 在《超越生命的意识》（*Consciousness beyond Life*）一书中通过类似的推理，也得出了经验不依赖大脑的结论。[33] 讽刺的是，Van Lommel 的作品有一个副书名：《濒死体验背后的科学》（*The Science of Near-Death Experience*）。这就产生了一种有趣的冲突：尽管 Alexander 和 Van Lommel 都是医生，他们口中的"科学"却难言准确，只是些猜测性的东西。[34] 我们可以用同一个问题质疑这两本书的核心观点："NDE 产生时，当事人的大脑真的'死亡'了吗？"毕竟，这两本书的作者都是活人，也就是说，当他们被抢救过来的时候，他们的大脑也"活"过来了。针对 NDE 的控制严格的实证研究表明，这些所谓的"灵性体验"最有可能发生在病人缓慢恢复意识的过程之中，是正在恢复功能的大脑的运行过程的产物。[35]

23

一种对 NDE 和 OBE 的理解是，它们都属于大脑制造的幻觉。神经科学家 Oliver Sacks 对 Alexander 的观点提出了质疑，不认为他看见了什么"灵界"的事物。围绕宽泛意义上的幻觉现象，Sacks 如是说：

幻觉，无论是"启示性"的还是平平无奇的，都没有什么超自然的起源，而是属于人类意识和经验的正常范围。这并不是说它们没法在精神生活中发挥作

用，或对个人没有重大意义。但是，虽然人们赋予它们价值，对它们套用某些信念，或从中构建叙事，但幻觉无法为任何形而上的存在——不论是神灵还是天国——提供证据。它们只能证明大脑确实拥有创造它们的能力。[36]

前面我曾提及，一些科学家开始探索服用 LSD 等药物导致的大脑生理性变化与药物诱导经验（常被称为"灵性"体验[37]）间的关联。"幻觉是由大脑产生"的观点就是这些研究的重要成果之一。

可见自 Descartes 的时代至今，总有人主张经验并不只取决于大脑。但大多数认知神经科学家对这种主张是排斥的，他们相信一切经验都是大脑的产物。[38]本书的主题是，尽管关于心智的秘密还有许多，但要求得事实真相，还得依靠传统的实证科学研究。John Brockman 在 2013 年编著了《心智》（*The Mind*）一书，收录了 18 位顶尖学者的论文，其中 16 篇是围绕大脑的，另外 2 篇则与针对行为的实证研究有关。[39]Brockman 的著作反映了（通常是以生物学为导向的）科学实证研究在揭示心智本质方面的优越性。这也是本书的立场：我们将关注实证研究——当然也免不了做一些推断乃至猜测，发掘大脑与心智间可能存在的关联。

心 – 脑关联论

> 人类心智是一种复杂现象，搭建在大脑这一物理
> 支架上。
>
> ——Danielle Bassett 和 Michael Gazzaniga[40]

看不见的心智是怎样在大脑的"生理脚手架"上"搭建"出来的？早在 19 世纪就有人试图回答这个问题，当时人们了解心 – 脑关联的主要途径是对脑损病人的行为分析。1861 年，Paul Broca（1824—1880）记录了一位额叶受损的患者，他被称为"老陈"（Tan），因为他只能发出"tan"这个音。

Broca 测试了多名额叶受损的患者，受损区域后来被称为"布洛卡区"（Broca's area）[41]。他发现这些患者说起话来缓慢、吃力，句子结构也比较混乱。如今，研究者们普遍认为布洛卡区受损会导致病人难以通过排列单词来创造意义。大脑中另一个和语言相关的区域是由 Carl Wernicke（1848—1905）发现的，他的测试对象是一些颞叶受损的患者，受损区域后来被称为"威尔尼克区"（Wernicke's area）[42]，这个区域受损的病人很难理解词语的含义。Broca 和 Wernicke 的经典研究是现代神经心理学

25

研究，即针对脑损病人的行为研究的先驱。图 1 – 3a 展示
了布洛卡区和威尔尼克区的具体位置。

另一个重要进展涉及大脑的底层运行机制，在神经元
水平开创了研究之先河。西班牙生理学家 Santiago Ramón
y Cajal（1852—1934）用显微镜观察脑组织的精细切片，
发现大脑其实是由他称之为"神经元"的小单元构成的
（图 1 – 3b）。他得出的另一个重要结论是：神经元会彼此
交流，形成神经回路。[43]

Cajal 关于神经元彼此交流、形成回路的观点为后来
的神经通信（neural communication）研究奠定了基础，我
将在第 6 章展开更多的细节。由于这些发现，Cajal 于
1906 年被授予诺贝尔奖。如今，人们认为正是他开创了
"针对精神生活的细胞研究"。[44]

Cajal 令人信服地描绘了单个神经元的结构，以及神
经元如何关联于其他的神经元，还指出神经元会彼此传递
电信号。但在 20 世纪初，人们还无法测量这些电信号。
科学家们面临两点困难：（1）神经元太小；（2）神经元
传递的电信号太弱。

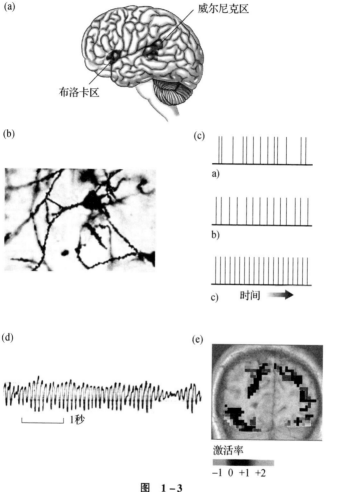

图　1-3

（a）布洛卡区与威尔尼克区的位置　（b）Cajal 看见的一个神经元和一些神经纤维　（c）单个神经元的神经脉冲记录，神经放电频率随刺激强度提高而增加（自上而下）　（d）头皮电极记录的脑电图（electroencephalogram，EEG）　（e）功能性磁共振成像（fMRI）记录，每个体素（小方块）都记录了皮质的一小部分区域的活动，未显示的颜色代表每个体素对应区域的活动量

27   在 Cajal 获颁诺贝尔奖的 1906 年，人们还没有测量神经元微弱反应的办法，但到了 20 世纪 20 年代，单个神经元的定位方法被开发出来，包括一种被称为"三级放大器"（three - stage amplifier）的设备。在新技术的加持下，英国生理学家 Edgar Adrian（1889—1977）创建了现代单神经元电生理学，能对单个神经元的电信号进行记录，这一成就让他获得了 1932 年的诺贝尔奖。[45]

既然 Adrian 成功地记录了单个神经元的电信号，研究神经活动与经验间的关联就没有障碍了。在早期的一个实验中，Adrian 记录了青蛙脑中的一个神经元如何从表皮接收信号。通过压迫青蛙的表皮，他发现压力会激发被称为神经脉冲的高频信号，压力越大，神经放电的频率就越高——表现为每秒沿神经纤维传递下去的神经脉冲数量就越多（图 1 - 3c）。Adrian 据此认定神经激活与经验间存在关联性，并将这种观点记录在 1928 年出版的《感觉的基础》（The Basis of Sensation）一书中。他写道：神经脉冲"紧密地聚在一起，说明感觉比较强烈；反之若它们有相当的间隔，感觉就相应地比较微弱"[46]。Adrian 的意思是电信号的特征代表了刺激的强度，较强的压迫会产生"聚在一起"的电信号，感觉起来会比较明显；相反，压迫较弱时电信号频率较低（"有相当的间隔"），感觉也就更加模糊。

确定高频神经脉冲对应更强的压力只是确定脑部电信号与经验的第一步，随后，记录单个神经元电信号的技术得到了推广，一大批研究也随之涌现出来。[47]

早期的研究大都使用动物被试。直到 Hans Berger 于 1929 年发明了脑电记录仪，将圆盘电极贴在人类被试的头皮上，就能记录到神经电信号。[48]这些记录反映了大量神经元的集群反应，让科学家们得以针对不同意识状态的人类脑部活动展开一系列研究，我将在第 2 章讨论这些研究（图 1 - 3d）。

脑成像技术的发展进一步加深了我们对心 - 脑关联关系的理解。第一种脑成像技术：正电子发射断层摄影术（positron emission tomography，PET）于 1975 年投入应用，到了 1990 年，又开始被功能性磁共振成像技术即 fMRI 取代。[49]fMRI 的原理是：大脑在从事特定认知任务时，相关区域的血流量会增加。不深入讨论细节的话，这些血流量变化会由扫描仪测量并转化为图像，表明大脑中哪些区域在特定任务中活跃度提高或降低了（图 1 - 3e）。

脑成像技术的引入又一次体现了先前提到的范式转移。Thomas Kuhn 在 1962 年于《科学革命的结构》（The Structure of Scientific Revolutions）一书中首次提出"范式转移"的概念，他认为科学革命必然涉及人们对特定主题思维方式的转变[50]，心智研究从关注行为到关注认知的转变正是个中典型。但除了思维方式的转变外，范式转移还涉及研究方法的转变。[51]这种转变通常取决于新技术，如fMRI的发展。创刊于1992年的《*NeuroImage*》杂志就只刊载神经影像学研究论文，此外还有创刊于1993年的《*Human Brain Mapping*》。[52]从20世纪90年代初开始，各大期刊刊载的涉及应用fMRI的论文数量稳步上升。据统计，仅2015年一年，这类文献就发表了约4万篇。[53]我们将在后续章节中谈到，fMRI技术对研究大脑的功能和经验间的关联发挥了关键作用。

30

表1-1总结了一些用于研究心-脑关联关系的生理学方法，此外后续章节还将谈到一些其他的脑成像技术，也提供了关于大脑结构与功能的额外信息。下一章我将聚焦于意识——心灵的"内在主观生活"。我们的讨论将围绕经验与行为展开，并将最终回归到大脑。

表1-1　研究心智与大脑的生理学方法

方法	早期研究
（a）神经心理学研究探索脑损病人的行为模式	Broca, 1861; Wernicke, 1868: 确定了语言功能与大脑特定区域间的关联，见图1-3a

（续）

方法	早期研究
（b）神经解剖学研究探索神经系统的结构与内部连接	Ramón y Cajal, 1894：神经元创造了大脑的信息传输系统，通常表现为神经回路，见图 1-3b
（c）单细胞电生理学研究用电极记录单个神经元的电信号，确定它们与感知刺激间的对应关系（常使用动物被试）	Edgar Adrian, 1928：证实神经电信号频率与感知刺激强度间存在对应关系，见图 1-3c
（d）脑电图研究用头皮电极记录神经电信号（使用人类被试）	Hans Berger, 1929：脑波的模式与意识状态有关（特别是在睡眠状态下），见图 1-3d
（e）脑成像研究测量认知活动导致人脑中血流量的变化	Ter-Pogossian et al., 1975：PET Ogawa et al., 1990：fMRI 确定大脑中与特定功能有关的区域，证明即便是简单的功能也涉及各脑区的广泛激活，见图 1-3e

第 2 章　意识与经验

The
Mind

31 读到这里时，你应该是有意识的。毕竟你能看到这些
文字，读懂它们的含义。你也许能意识到身边正在发生的
某些事，就像你知道自己正盯着眼前的书或屏幕一样。与
此同时，你显然没有意识到一些其他的事——就比如刚
才，你大概率没有感觉到衣物正与肌肤接触；而不管怎样
努力，你都不可能直接觉知到大脑中的神经元正在放电！

意识是什么？

可以说，意识问题就是当前心智理论的核心
问题。

——Robert Van Gulick[1]

本章不仅探讨心智，还将探讨心智最令人印象深刻又最令人困惑的创造之一——意识。事实上，我们对意识甚至还没有一个普遍公认的定义。[2] 人们对此有各自的见解，比如说：

32

意识是对心中所思的知觉。[3]

意识是心灵的主观内在生活。[4]

意识是对经验的内在感受。[5]

意识是我们的个人经验。[6]

意识是我们觉知到觉知的能力。[7]

意识是我们一切感受与觉知状态。[8]

对于意识，我们将采纳一种被许多研究者接受的常识性定义。也就是：意识是对个人经验的内在感受。换言之，意识是心灵的主观内在生活。回到前面的例子，我们在阅读书页或屏幕上的文字时的感觉就符合意识的这种"个人化"定义，因为它指的是我们当下的经验，所以又称为定义意识的"第一人称方法"。

与这种"第一人称方法"相关联的经验或感受称为"感受质"（qualia，单数形式是 quale），它是经验的"原质"。因此当你看到一只鲜红的番茄，你经验到的"红"就是一种感受质。另外一人要是看到了同一只番茄，也会经验到他或她自己的"红"，只不过这同一只番茄让你经验的，和让他或她经验的感受质是否相同？稍后我们还将回过头来探讨这个问题。

虽说你什么时候都可以去看一只番茄，意识却常被视为一个连续的过程。一种描述意识动态特征的方法是将其类比为一场电影。哲学家 David Chalmers 如是说："一部令人惊叹的电影似乎正在我们的脑海中上映。"这部"电影"包括意象、声音、思想和情绪。[9]还有人将意识比作一出舞台剧，其中聚光灯下的情节在体验上尤为生动。[10]

33

William James 于 1890 年提出了另一个强调动态特征的类比——他将意识看作一条"长河"或"川流"：

因此，意识本身似乎并不是割裂的。作为一种隐喻，"长河"或"川流"最能抓住它的这种特点。在以后的讨论中，我们将称之为思想流、意识流或主观生活流。[11]

一场电影、一出舞台剧、一条长河，或"我正在经验的当下"——不论怎样描述意识，它都显然与某种经验或觉知有关。因此当你醒着，对现实有所觉察，或沉沉入睡，徜徉在梦境中时，你都是"有意识"的。这很好分辨，因为我们对自己的经验再熟悉不过了！毕竟除了日常生活中的点点滴滴，我们还能对什么更了然于胸呢？当 Anil Seth 讲到"一切存在中数意识最稀松平常，又最神秘莫测"时，他指的正是这个意思。[12]

但是且慢，说意识"稀松平常"还则罢了，Seth 为什么又说意识"神秘莫测"呢？他继续写道："意识经验定义了我们的生命，但似乎难以对这些经验的、主观的、私人的和质性的特征进行科学研究。"

综上所述，意识是"稀松平常"的，但因其难以研究，它又是"神秘莫测"的。还有什么能比这种既寻常又神秘的东西更有趣？本章将带领读者领略意识的神秘，就从研究意识无法回避的下列难题入手：

———————

（1）非人类动物有意识吗？
（2）非人类动物的意识经验是怎样的？
（3）他人的意识经验是怎样的？
（4）神经系统如何创造我们的经验？

34

非人类动物的意识

我还清楚地记得本科时那节认知心理学讨论课，探讨的问题正是非人类动物拥有意识经验的可能性。那天，同学们将各种动物标本带到了教室里（难以想象他们宿舍的床底下还藏了些什么），并将这些标本排成了一个"意识序列"。

位列榜首的当然是人类（也就是我），显然在大家看来，人类的意识水平毋庸置疑。接下来的问题是，往后要如何排列，才能体现意识水平从高到低的顺序关系。紧随人类的是黑猩猩与猴子，然后是狗、猫，以及其他动物。对了，我们还带来了一盆植物和一块石头，它们被毫无悬念地排在了序列的最末两位。

围绕这个"意识序列"，可以提两个问题：（1）是否存在一条明确的分界线，区别了有意识与无意识的生物？如果有，它应该画在哪儿？（2）对序列中的每一种生物而言，"拥有意识"是一种怎样的感觉？我们先看问题一。关于意识与无意识的分界线，存在两种极端立场：Descartes 断言"我思，故我在"，说明他将意识认定为人类所独有的禀赋，因为我们是"会思考的动物"，其他动物不过是些"自动的机器"罢了。显然在 Descartes 看来，意识与无意识的分界线就画在人类身后，将人类和其他一切生物区隔开来。但如今已没有多少人会同意这一点了，越来越多的证据表明许多动物的确也有意识。

35

另一种极端立场被称为"泛心论"（panpsychism），其主张意识是宇宙的属性，万事万物俱有意识：既包括人类、非人类的动物，也包括植物、石头……。一些人非常严肃地支持这种观点[13]，但"泛心论"缺乏科学证据的支持，与其说它是一种理论，倒不如说是一种信仰。[14]

正确的答案就位于 Descartes 理论和"泛心论"之间，换言之，有意识与无意识的界线就在人类和石头间的某处。我们姑且认为石头没有意识，但植物呢？

植物有意识吗？

问植物有没有意识听上去有些傻气，毕竟意识是心灵的主观内在生活，"拥有"意识意味着对"经验"有所觉知。但 Peter Tompkins 和 Christopher Bird 可不觉得这样问有什么不妥。他们的合著《植物的秘密生活》（The Secret Life of Plants）于 1973 年面世[15]，在书中，Tompkins 和 Bird 声称植物偏好古典音乐胜于摇滚乐，它们有思想、感受和情绪，能对人的所思所想做出回应。这本书赶上了好时候：与彼时正在兴起的新时代运动（New Age Movement）产生了共鸣，并曾登上《纽约时报》非小说类畅销书排行榜。

尽管到头来，书中引用的几乎所有证据都被植物学家无情否认了（事实证明，这些证据都是虚构出来的），这本书依然对植物学造成了难以挽回的伤害。正如 Michael Pollan 所说："美国人开始和他们的植物交谈，为它们演奏莫扎特，毫无疑问，许多人至今仍坚持这样做。"[16]

36　遭受此番挫折后，植物学家们鲜少关注植物与人类的相似之处。但围绕这些问题，真正严谨的实证研究终究还是出现了。著名植物学家 Daniel Chamovitz 在他的著作《植物知道生命的答案》（*What a Plant Knows*）中总结了许多关于植物的最新研究，他在书中的各个章节，如"植物能看到什么""植物能感受到什么"以及"植物能记住什么"中描绘了植物感觉与"认知"的能力。围绕植物与人类的相似性——不论是 DNA，还是感官层面的相似性——这部作品都论述得十分精彩。[17]

Chamovitz 的作品经得起科学的检验，关于植物如何受周围事件的影响，他的描述堪称引人入胜。但是，书中那些将植物拟人化的说法，如"看到""感受到""记住"等，其实对植物与我们的相似性有所夸大。公正地说，诸如"植物知道""植物看到"或"植物感受到"这样的表述并非它们字面上的意思——Chamovitz 知道植物没有大脑，不可能像人类那样"知道""看到"或"感受到"。尽管如此，这些表述还是会造成混淆。说植物能"看到"，就是说植物能意识到光。现实是，虽说植物的确能"感知到"光，但我们尚无证据表明它们"意识到"了光；有些植物，比如捕蝇草，会对压力（比如有苍蝇不小心落在上面）做出反应，但也不能因此说它们能"感受到"。虽然有些对不住那些能做出无意识行为反应的植物，但我们的结论是：意识与无意识的分界线应该将植物划归在"无意识"的那一侧。[18]

非人类动物的意识

37

那动物呢？意识与无意识的分界线是否应该画在动物序列中，如果是，又该画在哪两种动物之间？在我本科时那节认知心理学讨论课上，大多数同学都认为黑猩猩、猴子、狗和猫是有意识的，但涉及其他动物，就开始有争议了。大家是依据什么做出这些判断的？大致是依据不同动物的行为及生理特性。

通过观察，我们能识别出动物的许多行为，它们看似与积极或消极的情绪感受有关。许多人都见过自家狗狗在不小心打碎了什么物件后瞪大眼睛，满脸"请原谅"的表情，或做出表示顺从的肢体语言。类似地，情绪行为（也称情感行为）还能通过声音来表达，比如狗的呜咽或哀鸣。

我们很容易就会将狗或其他动物的情感行为解读为它们产生了某种感受，据此认为它们是有意识的。然而，我们其实无法了解它们的真实感受，尽管它们似乎显然感受到了什么。我们要特别警惕那种将动物拟人化的倾向。观察动物的情感行为无法提供关于该动物意识状态的直接证据。[19]

除情感行为外，我们还能观察智能行为。动物智能行为的例子不胜枚举，许多研究已经证明动物有能力学习、交流，以及解决问题。蜜蜂会用"摇摆舞"告知同伴食物的位置；[20]鸟类能记住过往经历、学习适应社会环境，还能解决问题；[21]至于章鱼，尽管在大多数人心目中都与"智能"不沾边儿，但它们或许是最聪明的无脊椎动物。

38 章鱼从动物园水族馆中逃跑的故事经常见诸报端，新西兰国家水族馆就出过这么一位逃跑大师，名叫 Inky。它从水箱顶部的一条小缝隙挤出来，爬下了八层楼，再顺着一条长 164 英尺（约合 52 米）的排水管道溜进大海，正如水族馆馆长所说——"连一条口信都没留"。[22]

但章鱼可不只是逃跑大师,它们能走通复杂的迷宫、想法子打开"密码箱"吃到里头美味的螃蟹,还会用喷水的方式将一个漂浮物推向一道水流,再靠水流将它送回来——"就像我们对着墙壁练习抽球"。[23]此外,新近研究表明章鱼拥有一个规模大到异乎寻常的基因组,基因的数量堪比人类[24],或许它们高度发达的认知能力正是源于这种基因层面的复杂性。[25]

类似这样的行为是否表明动物们也拥有某种形式的意识?我要再次提醒大家小心拟人化的倾向,毕竟我们没法保证那些行为像人的动物经验也像人。[26]因此除了靠观察行为鉴定意识的存在与否,研究者还得考虑生理功能。

有些人相信动物也有意识,他们依据对动物和人类大脑的比较得出这个结论。人类大脑的特殊之处在于发达的皮质(图 2-1),它们包覆着大脑更加原始的皮质下结构(如中脑)。相对人类而言,动物的大脑皮质规模更小,它们的脑也更多地由皮质下结构主导,在演化史上出现较早的那些动物更是如此。许多种系历史远比人类悠久的动物(如鸟类和昆虫)都拥有在功能上对应于人类中脑的神经结构。[27]

39

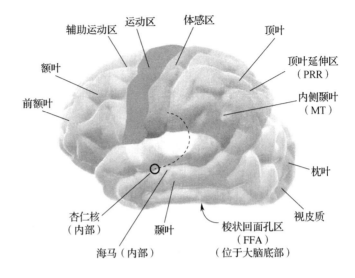

图 2-1
本书涉及的人脑结构与区域

  人类意识经验通常被认为与高层皮质结构相关，这些结构负责一系列高级认知活动，如抽象推理、创作与欣赏音乐作品，或思考存在主义问题（比如生命的意义）。因此，如果我们只看大脑皮质，很容易就会得出这样的结论：那些没有大脑皮质的动物当然也没有意识。但是，有些人尽管大脑皮质受损严重，却似乎依然保留了某种意识，因为中脑依然能支持诸如情绪感受之类的主观经验。[28]

  人类拥有中脑，因此拥有主观经验，一些科学家据此推测：既然鸟类和昆虫等动物拥有功能上对应于人类中脑的结构，它们一定也有主观经验。[29]一些研究者在鸟类[30]和蜜蜂[31]的脑中发现了与情绪感受有关的神经回路，与人类情绪有关的一些神经化学机制也被证明存在于动物的神经系统中。[32]

尽管没有哪个特定的行为或生理现象能保证动物也有意识，但现有证据已经说服了一些著名的神经科学家，他们于 2012 年 7 月 7 日签署并发布了《剑桥意识宣言》（*The Cambridge Declaration on Consciousness*），表态支持动物拥有意识的主张。《宣言》结尾处写道：

> 我们相信：缺失大脑皮质并不意味着有机体无法经验情感状态。大量证据表明非人类动物拥有意识状态的神经情绪、神经化学和神经生理基础……因此人类或非唯一拥有足以产生意识经验的神经基质的动物。[33]

简而言之，这意味着许多物种或许都拥有某种形式的意识。但《宣言》回避了哪些动物拥有意识，哪些则没有的问题。关于这一点的争论还在继续，学者们尚未就"意识分界线"应该画在哪里达成共识。

动物经验到了什么？

既然我们假定意识与无意识的分界线确实存在，而且

41 它的确将一些动物划在了"有意识"的一侧，接下来就可以问：对这些动物们来说，"拥有意识"是一种怎样的感觉？尽管许多不同种类的动物或许都有意识，但它们的意识经验在性质上无疑是大不相同的。一种理论认为特定动物意识经验的性质与其神经加工过程的复杂性相关联。如 David Chalmers 所说："信息加工越复杂，意识现象也越复杂；信息加工越简单，意识现象就越简单。"[34]

人类经验无疑属于"复杂意识现象"，因为我们能经验如此丰富、繁多的感受质，还能使用"高阶"思维探索诸如意识经验乃至生命现象的实质等复杂问题。相比之下简单意识经验或许只涉及数量有限的感受质，也不支持反思。许多研究都以类似的标准衡量意识经验的复杂性，重视探讨相关神经过程的细节。[35]

关于非人类动物的意识经验，哲学家们有自己的思考。Thomas Nagel 在其著名论文《身为蝙蝠是一种怎样的感觉？》（What Is It Like to Be a Bat?）[36]中提出了以下基本立场："对某个有机体而言，拥有意识经验这一事实意味着'作为该有机体的感觉'是可以界定的。"Nagel 选择了蝙蝠，而不是猴子、狗或猫来探讨，主要是因为蝙蝠与人类的感官差异极大：蝙蝠会发出超高频脉冲，这些脉冲信号撞到环境中的客体后会反射回来，通过感知这些反射信号，蝙蝠得以"看见"周围的事物，并根据这些信号的到达时间判断外部事物的方位和距离。这就是所谓的"回声定位"。

既如此，蝙蝠的意识经验是怎样的？我们人类眼中的某个场景——包括房屋、树木和汽车等各种事物——之所以是可见的，是因为光会从这些事物的表面反射到我们的双眼中来，我们借此掌握了这些客体的空间位置及其相互间的关系。但当一只蝙蝠飞过夜空，它所能接收到的信息并非物体表面反射的光线，而是它自己发出后又反射回来的超高频脉冲信号。

这些脉冲信号更类似于我们人类双耳接收到的声波：它们都是空气中的振动（虽说蝙蝠发出的脉冲信号频率太高，我们根本听不到）。我们是否应据此假设蝙蝠"听到了"某种声音，并将其转化为自身所在场景中各个对象的信息？不用多想就能知道，关于蝙蝠能经验到什么、不能经验到什么，我们根本就没法回答。当然蝙蝠自己是知道的——蝙蝠知道"身为蝙蝠是一种怎样的感觉"！

相对而言，我们更容易猜测猴子、狗和猫的意识经验，因为它们和我们更像。但即便是对这些动物的经验世界，我们也只能去猜。

42

这些围绕动物意识经验的探讨开始慢慢导向一个高度相关的问题：我们如何知晓他人的意识经验？表面上，回答这个问题要比回答关于动物意识的问题容易得多，因为我们本就能互相交谈、交换意见。但对于他人的经验，我们其实是没办法了解的——只管往下看！

人类经验的秘密

我们已准备好探索人类经验的秘密了。相较于研究动物的经验，我们在探索人类经验时似乎处于比较有利的位置：我们也是人，可以同我们的研究对象交流。如果你不认为经验有什么神秘的，就想象一下这个场景：你站在大峡谷的边缘，脚下是万丈深渊；极目远眺，谷底有长河一条，蜿蜒流向天边。有个朋友站在一旁，你们正交口赞叹眼前的壮景。此时与他交流是很容易的，毕竟你们正面对同样的场景，而且在交流中，你也确实觉得你俩看见了同样的事物。

但此时神奇的事情发生了，"经验女神"轻触你的肩膀，让你突然拥有了身边朋友适才的经验。这些新的经验（朋友方才的经验）与你自己方才同一时刻的经验相比如何？这个"思维实验"想要说明的是，我们其实没法回答这个问题。在那"神奇一触"后，你的经验当然可能完全没变，但也可能并非如此。变化（假如真有变化的话）或许十分微妙——"嗯，颜色有点儿不一样"，或许又非常彻底——"哇，颜色整个儿不同了，远处的崖壁看着也更远了"。我们不可能知道真相，因为每个人的经验都只有他们自己知晓。

我们有可能了解他人的经验吗？

> 此时，此地，我有意识。这是我唯一绝对确定的事实，其余一切皆为揣测。
>
> ——Giulio Tononi 和 Christof Koch[37]

我们来进一步探讨这个观点，即经验具有私人性，对他人的经验我们只能加以揣测。我们将感受质——经验的原质——作为讨论的出发点，本章开头部分就曾介绍过这个概念。由于感受质指的就是一个人的经验，我们可以说每个人的感受质都具有私人性。因此当你说"我看见了红色"的时候，你完全知道这是什么意思，因为你正在经验它。但当 Susan 说"我看见了红色"，你就只能猜她经验到了什么，因为她谈论的是她自己的"私人"感受质。要揣测 Susan 的经验，你自然会假设她的感受质和你的应该很像，并从她的其他表述（像"它亮红亮红的，

44

就像驯鹿鲁道夫的鼻头那样"或"它看上去就像一摊鲜血")中提炼出一些线索。但不管你使用什么信息，都没法确定 Susan 所说的"红色"在她眼中是什么样子的——换句话说，你将永远没法确定 Susan 感受质的本质。

在我的课堂上，我会用一个"僵尸练习"推动学生们探讨"理解他人感受质"的问题。正如我们从电影和文学作品中了解到的那样，僵尸们是些吓人的玩意儿——他们眼神空洞、神情呆滞、举止僵硬，哦对了，他们还咬人、吸血，而且被他们咬到的人也会变成僵尸。最重要的是，根据定义，僵尸们其实都已经死了。也就是说，他们没有内在经验，没有感受质那种东西。这些理由已足够让我们想要远离他们了。但是，哲学家 David Chalmers 为我们介绍了一种特殊的僵尸，也就是"哲学家的僵尸"，这些僵尸要好相处得多，而且能让我们进一步思考经验的"私人性"。[38]

哲学家的僵尸与惊悚电影中的僵尸不一样，因为他们在外观和行为上和我们一模一样。因此假如你撞见一只（一位）哲学家的僵尸，一定会得出这样的结论：他（它）就是"我们"中的一员。但别忘了，哲学家的僵尸归根结底依然是僵尸，而所有的僵尸，不论是惊悚电影中的僵尸，还是哲学家的僵尸，根据定义都是些"死物"。

他们没有内在经验，没有私人感受质。他们或许有能力"侦测"到一朵玫瑰，并"确定"其物理特征，但不会产生与这朵玫瑰有关的内在经验。

在向学生们介绍了哲学家的僵尸后，我会抛出如下"僵尸练习"："我注意到，我们中就潜伏着几只哲学家的僵尸。你们的任务是两两配对，尝试发现对方是不是其中之一。"一些学生对这个任务十分沉迷，很快全班都陷入了激烈的讨论。最后许多学生都得出了结论：自己的搭档不是僵尸，因为他们说自己拥有情绪经验（"奶奶去世的那天，我很伤心"）或知觉经验（"日落的美景总让我沉醉"）。

这些学生们其实犯了我们许多人都经常会犯的错误：假设他人在说自己看到"红色"、感到"伤心"或欣赏日落的时候所经验的与自己处于同一情境时相似。但要记住，哲学家的僵尸说的话不能当真，因为他们的外观和行为都和我们一模一样——尽管说的像那么回事，但他们毕竟是些"死物"，因此即便形容得天花乱坠，他们也不可能真的经验到了什么。因此我向学生们指出，他们的搭档都可能是哲学家的僵尸，虽然他们不这么想。

上述"僵尸练习"最终导向了一个结论：因为我们无法访问他人的感受质，自然就没法分辨他们是否真的经验到了什么（即无法区别真人与哲学家的僵尸）。

对那些依然没法信服的学生们（毕竟哲学家的僵尸只是哲学家的一种想象），我会让他们做一个"巧克力练习"：发给他们每人一片巧克力，他们的任务是品尝这片巧克力，并向搭档描述自己的味觉经验。为了使这个任务更有趣味，我会告诉他们：搭档从未吃过巧克力。学生们经常会说："它吃起来很甜。"这就引出了下一个问题："甜"是一种什么样的经验？或者他们会说："我特别中意它。"但这种说法与真实经验就隔得更远了。你应该明白这个练习的用意了：即便我们都是真人，也没法将自己经验到的感受质的全部实质传递给彼此。因此我们只能得出这样的结论：知觉经验具有私人性。我们知道自己正在经验什么，或许也认为他人拥有类似的经验，但对我们来说，真正能确定的经验只属于我们自己。

我们能从科学知识中推得经验（感受质）吗？

我们无法知悉他人正在经验的感受质，哲学家 Frank Jackson 基于这个观点设计了一个思维实验，叫"色彩科学家玛丽"。[39]

在 Jackson 的思维实验中，玛丽生来就没有色觉：她的世界一片黑白，蓝色、红色和绿色对她来说都是些令人费解的概念，眼前的一切只是黑、白、灰。但尽管在这样一个单调的世界中长大，玛丽却刻苦学习与色彩有关的科学知识，直到学业有成，关于创造诸如蓝色、红色和绿色等色觉经验的一切心理和生理过程，她已无所不知。

最终，玛丽借助某种手段（如先进的植入式设备）摆脱了色觉贫乏的处境，首次看见了五光十色的现实世界。想象她看见一朵红玫瑰的时候，会作何反应？已然拥有的科学知识是否会让她这样说"哦，这我知道，它看上去就该是这样"？抑或她会惊喜交加地赞叹"哇，红色原来是这样的，我怎么可能想象得出来啊"？在 Jackson（以及我询问过的大多数学生们）看来，玛丽无疑会做出后一种反应。科学知识再有用，也没法用来预测感受质——"感之"与"知之"毕竟还是两回事。

上述思维实验似乎对理解感受质没什么帮助，但有趣的是，我们后来发现玛丽在现实中真有其人，她就是曼荷莲文理学院（Mount Holyoke College）的神经生物学教授 Susan Barry 博士。

Susan 的神经生物学课上有一个话题：双目视觉如何产生深度知觉。顾名思义，双目视觉就是涉及两只眼睛的视觉。由于两眼位置的些微差别，它们记录的关于环境的

意象即"视像"也会有些许差异。（你可以将一根手指竖
在面前约 30 公分处，轮流闭上左眼和右眼，感受一下它
在视野中位置的变化。）

尽管两只眼睛记录的意象略有不同，但它们还是足够
相似，因此大脑可以将它们合并成一个单一的意象——这
个过程叫视觉融合。但双目意象间的些许差异还是会被神
经系统"登记在册"，它们揭示了视觉场景中对象所处的
深度，产生了对特定视觉场景的深度知觉，也就是所谓的
"双目深度知觉"[40]。

但尽管 Susan 教给学生们这些知识，她自己却从未有
过这种经验。在一次派对上，她对著名神经科学家 Oliver
Sacks 解释了这一点。她说自己小时候曾患有斜视，当一
只眼睛看着某个方向，另一只眼睛的指向会有点儿偏。这
样，左右眼记录的意象间差异就太大而无法融合了，这使
视觉系统总会"抑制"其中一只眼睛的视觉，也让她无
法拥有双目视觉——Susan 总是用一只眼睛看世界，她的
视觉是"单目"的。

在 Susan 还是个小女孩的时候，就接受过矫正手术，
但情况并没有好转，因此，她没有经验过双目视觉产生的
深度知觉。成年后，她对深度的判断依然是基于线索的
（比如"重叠"：既然 Sam 遮住了 Charlie 的半边身子，

Sam 肯定离得更近）。要直观地区别"单目"的深度知觉与"双目"的深度知觉，你可以比较一下普通电影和那种需要戴特殊眼镜才能观赏的 3D 电影——前者是将图像投射在一个平面上（当然影院的幕布其实略带弧度），后者则借助 3D 眼镜的偏振镜片保证了双目视像间的差异，从而产生了双目深度知觉。

派对上，在 Susan 向 Sacks 博士描绘了自己的症状后，Sacks 问道："你能想象如果'用两只眼睛去看'的话，世界会是个什么样子吗？"她说能。毕竟作为一位神经生物学教授，她阅读过数百篇关于双目深度知觉的论文。但在大约 9 年后的 2004 年 12 月，Susan 给 Sacks 写了一封信，开头就是："您曾问我能否想象'用两只眼睛看世界'的感受，当时我给出了肯定的回答……但我错了。"Susan 说她遇见了一位验光师，验光师为她专门定制了一份训练计划，旨在让她的两只眼睛协同工作，这些训练改变了她的知觉，她在《注视》（*Fixing My Gaze*）一书中生动地描绘了自己刚刚恢复双目视觉时的体验：[41]

太阳落山的时候，我离开了 Ruggiero 博士的办公室……我钻进车里，调整后视镜，后视镜从风挡上向我探过来——它就悬在那里。我当时目瞪口呆……我

49　盯着水槽，盯着大号龙头从水槽那一端伸向我，它的弧线从未像现在看上去那样生动可爱。午餐时，沙拉盘中的葡萄在我眼里也比从前要更圆、更具有实感。我能看见树杈间隔着的空间，而不仅是"推测"它们间存在空间，这真是绝妙的体验，我完全沉浸于观赏这些真切的空间而不能自拔了。

显然，在深度知觉这一项上，Susan 成了"玛丽"。虽说她的知识体系非常完整，而且自信能想象出拥有深度知觉是一种怎样的感觉，但在第一次真正体验到双目深度知觉时，她还是被"惊艳"到了。科学知识是不够的，她得"体验"，而不仅是"知道"。

除"感之"与"知之"确有不同外，Susan 的案例还给了我们另一点启示。在验光师为 Susan "校准"了双眼后，源自左右眼的神经信号在大脑中得以融合，她因此得以体验双目知觉。想想这意味着什么。左右眼的二维视像所导致的神经激活相互匹配的结果是，Susan 体验到了三维视觉。大脑以某种方式将两个平面视像转化为了单一立体知觉。这显然表明经验源于神经系统的创造。

经验的创造

说神经系统"创造"了我们的经验是什么意思？关于我们怎样知觉到外部世界，历来有两种理解：

理解 1：在你所处的环境中有什么东西：一只鲜红的气球高高飘浮在蔚蓝的天空上，它抓住了你的眼球。假如你的感官功能完好，双目中的受体和大脑中的活动就能让你确定：在蓝天的背景下有一只红气球。换句话说，经验向你表明了"外头有什么"。

50

这听起来不错，但并不全对，下面这种理解更接近事实。

理解 2：沿用以上场景。你眼中的感受器侦测到了一个会反射长波光线的圆形物体，并发现来自天空背景的光线波长较短。

第二种理解更接近事实，因为它用感受器接收到的能量来描述环境。比如那只气球：它真是红的吗？不。它只是能反射长波光线，是你的视觉系统将它接收到的、反射

自气球的光线转化为"红"这种知觉。是你的心"红",
而非气球本身红。这一点对天空也适用:它将短波光线投
射到你的双眼中,是你的视觉系统将这些短波光线转化为
"蓝"这种知觉。

"好吧,"你说,"我能接受这种说法——进入眼睛的
光线产生了色觉。但气球反射长波光线这一点不正表明它
是'红的'吗?"要是你这么问 Isaac Newton,他会大摇
其头。早在 1704 年他就有过下面这段关于光的论述:

> 准确地说,光线是不带颜色的,它只是有激发某种色
> 觉的特定能量与倾向罢了……因此物体也是不带颜色
> 的,它们只是有更能反射某种而非其他光线的倾向
> 罢了。[42]

Newton 的观点其实是:你看见的物体的颜色取决于
从物体的表面反射的光线,但光线本身不带有颜色,它们
只会"激发某种色觉"。以当代生理学术语重新表述
Newton 的观点,可以说光线只是能量,短波光线没有一
种叫"蓝"的内在属性,长波光线也没有一种叫"红"
的内在属性,我们之所以能知觉到颜色,是因为我们的神
经系统以特定的方式对特定波长的光线做出了反应。

经验是神经系统的造物

既然色觉是感受器创造的，则必然的结论就是，一些动物没有色觉，一些动物的色觉范围要比人类的狭窄得多，当然情况也可能相反，这取决于它们视觉系统的具体特性。比如蜜蜂的视觉感受器就能对人类无法知觉的短波辐射做出反应。[43] 既然你看不见这些短波辐射，它们在蜜蜂眼中又是些什么"颜色"的？你也许会想说"蓝色"，因为对我们人类来说，光线的波长越短，颜色就越偏蓝，但你其实根本没法知道蜜蜂们看见了些什么，正如 Newton 所说，光线本身无所谓颜色，既然如此，蜜蜂的色觉经验就是蜜蜂自己的神经系统创造出来的。就我们所知，蜜蜂的色觉经验与我们的非常不同，这不仅适用于短波辐射，或许也适用于那些波长居中、我们都能看见的光线。

对其他感觉通道而言，神经系统也决定了我们的感受质。以听觉为例，我们的听觉经验源于空气中压力的微小变化，但我们为何会将其中变化较慢的知觉为低音（就像大号）而将其中变化较快的知觉为高音（就像短笛）？空气中压力的快速变化有没有什么内在的"高音性"可言呢？再想想味觉。我们将某些物质知觉为"苦的"，而将另一些物质知觉为"甜的"，但在这些物质的分子结构中，该上哪儿去找"苦性"与"甜性"？对这类问题的回答是，我们的感知或许要由眼睛接收的光线、内耳中空气压力的变化或口舌接触的特定物质的分子结构所触发，但真正意义上的经验从来都是由我们的神经系统创造出来的。

神经系统如何创造经验？

意识是心智科学中最令人困惑的问题。对我们来说没有什么比意识经验更为熟悉，但也没有什么比这更难解释。

——David Chalmers[44]

1994 年 4 月 12 日，在亚利桑那大学的一座讲堂中，哲学家 David Chalmers 走上讲台，准备在第一届图森会议上发表题为《走向意识的科学基础》（*Toward a Scientific Basis for Consciousness*）的演说。在他之前的报告乏善可陈，听众们已经有些坐不住了，盼着他快些讲完好迎来茶歇。[45]但 Chalmers 的演说很快让大家竖起了耳朵，特别是在他提出"意识的困难问题"，即"物理过程如何转化为意识经验"这一问题之后。

该怎么理解对"物理过程"与"意识经验"的区分？我们可以考虑"感觉换能过程"，也就是环境中的刺激如何转化为神经系统中的电信号。以视觉过程为例，进入眼睛的一些光线会刺激眼底的视网膜，并被网膜视觉感受器中的化学物质即"视色素"所吸收。这些色素分子会因此改变形状，并触发一系列复杂的化学反应，最终在感受器中产生电信号，并传递给网膜中的其他神经元。眼底的视神经会将这些信号导出，最终传递至大脑，经验就在大脑中被创造出来。[46]因此 Chalmers 问的其实是："大脑中的电信号如何转化为意识经验？"

53

但要真正领会"困难问题"，还要看看这些电信号是怎样被创造出来的。让我们将镜头对准一条神经纤维的一小段，放大倍率，看看它究竟是怎样传递电信号的。我们会立马注意到神经纤维的周围都是液体（想象有一条中空的长管悬浮在水中），这些液体中富含带有电荷的分子，也叫"离子"（图 2 – 2a）。离子主要有两种——带正电的钠（Na^+）和钾（K^+）。随着电信号的传递，神经纤维外部的钠离子会不断流入（图 2 – 2b），随之内部的钾离子会不断流出（图 2 – 2c）。虽说与此同时，神经系统中还在发生一些别的事情，但这两种离子的流动会让纤维内部的电荷短暂为正（持续几分之一秒），产生所谓的"神经脉冲"，并沿纤维一路传递下去。因此，神经脉冲是由穿透细胞膜的离子流产生的"湿"的电信号。了解了上面这些，我们就可以将"困难问题"重新表述如下：

"钠离子与钾离子跨越神经元细胞膜的流动是怎样转化为意识经验的?"

这样一来,Chalmers 之所以使用"困难问题"这样的提法就说得通了:尽管我们对外部刺激转化为电信号并产生神经脉冲这一换能过程已十分了解,但对这些物理事件怎样转化为意识经验却至今尚无头绪。

54

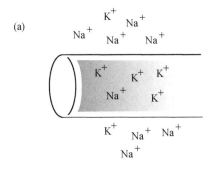

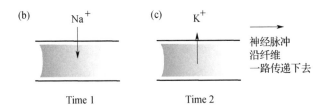

图 2-2

(a) 一条神经纤维的局部,其内外部都有带正电荷的钠(Na)离子和钾(K)离子。外部钠离子浓度更高,而内部钾离子浓度更高 (b) 神经纤维某处的离子流,首先是钠离子流入细胞膜,而后是(c)钾离子流出。离子的流动创造了神经脉冲,沿神经纤维传递

Chalmers 的演讲让原本昏昏欲睡的听众们清醒了过来，在随后的茶歇中，"困难问题"成为了讨论的焦点。[47]有趣的是，正如 Chalmers 首先指出的那样，"困难问题"只是一个抓人眼球的提法，之所以能引起这么大的反应，是因为人们一直以来对它都不陌生。[48]比如英国生物学家 Thomas Huxley（1825—1895）就曾说："神经组织的激活能产生意识状态这种非凡的现象，正如阿拉丁擦拭神灯能唤出精灵一般不可思议。"[49]Huxley 将意识经验源于神经系统类比为精灵钻出阿拉丁的神灯——可这是怎么做到的？魔法？神迹？天知道。我们该如何从带电离子的跨膜流动跳跃到意识经验间的产生？哲学家 Joseph Levine（1983）称之为"解释鸿沟"，认为科学知识尚无法弥合生理过程与经验现象间的差异。[50]

55

原因很明显，在 Huxley 的时代，人们的生理知识储备有限，研究"困难问题"当然是名副其实的困难。但如今科学家拥有复杂先进的技术装备，能精确测量大脑的生理反应，对他们来说情况是否已有所不同？

事实上，虽说技术的发展引领了针对大脑的海量研究，但"困难问题"依然无解。想想技术手段能提供给我们的那些数据，原因就很清楚了。以 William Newsome 和同事们的一项实验为例，他们记录了猴子内侧颞叶

（MT）皮质某处单个神经元的信号，发现若向猴子呈现朝特定方向移动的点，该区域的神经元就会被激活（见图 2 - 1）[51]。这一发现确定了脑内涉及运动知觉的一个区域。但神经激活与运动知觉间呈相关关系——也就是说我们知道运动知觉与 MT 区域神经元的激活有关，但不知道这些神经元的激活究竟是怎样转化为运动知觉的。"困难问题"就是要理解该转化过程，虽然我们能使用相关技术记录神经脉冲，但这些技术无助于我们解决"困难问题"。

发展心理学家 Alison Gopnik 用"大 C 问题"描述了人们对"困难问题"的另一种反应：

我们一直都有关于意识的一个大问题……意识的"大 C 问题"。一颗大脑如何能拥有经验？我很怀疑对此我们能否得到一个简单的答案，但特定类型的意识经验如何关联于特定类型的功能或神经过程，其实涉及许多非常具体的问题。[52]

Gopnik 想要表达的意思其实是："好吧，我们解决不了'困难问题'——既如此，就退而求其次，寻找意识与神经过程的关联吧。"寻找意识经验与神经过程间的关联即"意识的神经关联物"（neural correlates of consciousness，NCC），属于 Chalmers 所说的"简单问题"。

意识的神经关联物

在加州大学伯克利分校 Jack Gallant 实验室的脑部扫描仪里躺着一个人,[53] 他正在观看一张照片,照片中是一间起居室,里头有几件家具。与此同时,fMRI 设备将他脑部的活动记录下来,这种活动模式以 "体素" 为单位显示,每个体素都对应大脑中一小部分区域。(见图 1 - 3e)

当研究人员将起居室照片导致的体素活动模式输入解码器,神奇的事情发生了。解码器先前已被校准过,使用的数据来自多名被试,他们曾在扫描仪里观看过数千张照片,每张照片都能创造一种体素活动模式,每种体素活动模式都产生自一类对象或场景,这样一来,解码器就能 "习得" 特定活动模式与特定类型的对象或场景间的关联。

通过分析被试正在观看的照片生成的体素活动模式,尽管自己并没有在 "看",解码器还是能得出结论——"起居室"。研究人员用其他场景的照片(如奔跑的运动员、水族箱里的鱼或游船停靠的码头)重复实验,解码器都能准确地识别——"移动的人""水生动物""城市

57

水路"。虽说偶尔也会出错，但它的表现已显著优于随机
猜测。

包括上述实验在内，已有一系列研究证明，通过分析
他人大脑的活动实现"读心"是有可能的。[54]回顾一下，
被试在观看照片，解码器能访问的只有照片所导致的脑部
活动，但它能基于这些数据判定被试观看的照片的内容。
个中原理是：每一种场景都会在大脑中生成一种特异的神
经活动模式，解码器能基于这种模式识别场景所属的
类型。

你所见、所思、所忆之物都会在大脑中创造相应的神
经活动模式，心智则神奇地将它们转化为知觉、思维和记
忆。回顾围绕"困难问题"的讨论，我们仍不清楚电信
号的模式究竟是怎样转化为经验的，但我们确实知道不同
的活动模式代表不同的经验——Jack Gallant 的解码器和
你的心智背后的原理是一致的。

假如你能观察一个人在日常生活中的脑部神经活动，
就能领略一曲"响彻"全脑的电信号的"交响乐"。但要
尝试去理解它的内涵，你将震惊于它的复杂度之深、波
及范围之广。虽然如此，这首"交响乐"也不是随机
"演奏"出来的：它的组织高度有序，你的一切内在经
验——包括记忆、知觉和思维——都与相应的神经活动模

式相关联。

理解脑内神经活动组织方式的途径之一，是尝试确定特定结构的功能。为此，研究人员使用了诸如神经心理学、电生理学和脑成像技术（见第 1 章）。从 19 世纪到 20 世纪中叶，我们已摸清了对应视觉、听觉和触觉的"主要"脑区，与记忆和情绪相关的区域也被识别出来了。这种在特定功能与特定结构间建立关联的做法就是所谓的"功能定位"，它是理解大脑组织方式的出发点。

功能定位

> 完整的大脑系统可分解为子系统或模块。
>
> ——Danielle Bassett 与 Michael Gazzaniga[55]

功能定位的指导思想是：大脑中不同的区域对应于不同的功能。这一点对早期的研究者来说并非显而易见的，他们更愿意相信皮质是一个均值的整体，一切功能都由整个大脑实现。但在 19 世纪中叶，Paul Broca 和 Carl Wernicke 在额叶和颞叶分别确认了负责言语生成和理解的区域（即布洛卡区和威尔尼克区，见图 1 - 3a）。同样功能定位的概念被扩展至视觉，因为人们发现切除猴子的枕叶会让它们失明，因中风而枕叶受损的患者也会一样。[56] 枕叶自此被认为是视觉信号的主要接收区，或干脆被称为"视皮质"了（见图 2 - 1）。

在诸如海马和杏仁核等皮质下结构中也发现了类似的功能组织迹象。1953 年，为根除严重的癫痫发作，Henry Molaison 接受了手术，医生切除了他大脑双侧半球的海马。此举成功地减轻了癫痫发作的影响，但产生了一个意想不到的副作用：他无法形成新的记忆了。[57]尽管心理学家 Brenda Milner 在此后几十年里多次对他进行了测试，但她每次进屋时 Henry 都像头一回见面一样。从这个病例开始，海马就被认为与记忆存储息息相关了。

杏仁核位于海马顶部附近，与情绪有关，因为杏仁核受损的患者很难识别或感受情绪。比如一位唤作 SM 的患者因罹患遗传病，大脑双侧半球的杏仁核完全损毁，她的情绪经验就很淡薄，对情绪刺激的反应也与常人不同。[58]观看一系列带有情绪色彩的面部表情时，她对负面情绪如恐惧和愤怒的"唤醒水平"的评估会比常人低得多（以 9 点量表评分时，对常人评分为 7.4 的愤怒表情，她的评分仅为 1.2）。[59]

SM 对带有情绪色彩的句子的反应或许更能说明问题。比如她对句子"小船正在下沉，萨利一边呼救，一边高举双手挥舞"的"唤醒水平"评分为 3.0，而常人对这句话的评分高达 9.0（不能再高了）。与此同时，无脑部损伤的被试观看恐惧表情时杏仁核做出的反应要比他们观看愉快表情时强烈得多。这些研究都表明杏仁核对加工负面情绪发挥了重要作用。[60]

对功能定位的研究持续了一百多年，如今，人们已相信特定皮质区域或皮质下区域具有特定功能，但"一个结构控制一种功能"的想法还是低估了真实情况的复杂性。我们知道视皮质位于枕叶，记录枕叶皮质单个神经元的活动，将有助于我们进一步了解该神经元对不同类型的视觉刺激的反应。David Hubel 和 Torsten Wiesel 就以这种范式研究视觉系统，并因此获得了 1981 年的诺贝尔奖。[61]

Hubel 和 Wiesel 发现在双眼"上传"的神经信号抵达视皮质后，不同的神经元对不同类型的视觉刺激做出了不同的反应：某些（表层）神经元对点状刺激反应最为激烈，另一些神经元（通常位置更深）对特定朝向的线条更加敏感，还有些神经元则只对朝特定方向运动的线条做出反应。

Hubel 和 Wiesel 的发现表明，视觉加工分为一系列连续的阶段或"层级"，负责相应阶段或对应不同"层级"的神经元具有不同的"专业水准"，能对复杂程度不同的刺激做出反应。这一观点已得到越来越多的研究证实，后来者们循 Hubel 和 Wiesel 开辟的方向寻找枕叶皮质以外的神经元的"最佳刺激",并发现在多层视觉加工架构中"层级"更高的神经元会对复杂的形状、面孔、身体、身体部位、房间乃至建筑物做出反应。[62]

61   事实证明,视觉加工是人类大脑皮质约 25% 的区域的主要功能。[63]既然视觉加工并非枕叶的"专属",我们需要另一个概念来解释皮质的功能组织,这就是"分布式表征"(distributed representation)。

分布式表征

所谓分布式表征,即特定心理功能由分布在全脑多个区域的神经活动所表征。如果这种观点是正确的,你可能就要怀疑功能定位这事儿还有没有意义了。答案是还有。因为分布在全脑多个区域的神经活动就是由专用于不同功能的区域连接在一起形成的。

另一点需要强调的是,功能定位不是绝对的,比如虽然我们称作"梭状回面孔区"(fusiform face area, FFA)(亦有文献资料译为"纺锤状脸部区域")的脑区对面孔状刺激物十分敏感,但在我们观看其他类型的物品和场景,包括轿车和鸟儿时它也会做出反应。此外,位于 FFA 以外的神经元也会被面孔状刺激物激活。[64]也就是说,看着某人的面孔既会强烈地激活你的 FFA,也会激活你大脑中别的区域。

对面孔状刺激物的分布式神经反应反映了以下事实：我们对人脸的经验不仅限于识别出特定对象是一张脸（"那是一张人脸"），我们还能对眼前面孔的各个方面做出反应，包括（1）情绪状态（"她在笑，所以她应该很开心""他的神情让我觉得很舒服"）；（2）对方的关注点（"她在看着我"）；（3）脸部特定部位的动作（"他双唇的动作极富个人特色"）；（4）面孔的吸引力（"他有一张英俊的面庞"）；以及（5）面孔的熟悉度（"我在哪儿见过这张脸"）。我们对面孔状刺激物的这种多元反应表明相应的皮质神经活动确实是分布式的。

如果看着一张人脸就能激活多个脑区，想象一下更常见的情况：视觉场景包括不止一张面孔和许多其他事物，且这些对象都有特定的形状、颜色、质地、明暗、运动方式和空间关系等性质，每一个对象、每一种性质都会激活不同的脑区。更有趣的是，不同类型的对象（非动物与动物，比如工具和家具与猫和狗）也会激活不同的脑区。[65]毫无疑问，看着一张面孔或一个场景，将在大脑中奏响一曲电信号的"交响乐"，就像本章开头部分曾提及的那样。

我一直在聊视觉，因为对视觉过程我们了解得最多。

62

但心智可不仅仅意味着"看",分布式表征也适用于其他感知觉,像触觉、嗅觉与痛觉,以及其他心理功能,像注意、记忆、情绪和社会互动。比如记忆就很复杂。一些类型的记忆——所谓的"短期记忆"——只能持续 15 到 20秒,除非你不断重复,否则会很快消退(想想你是怎么背下一串来不及记录在手机里的电话号码的)。其他类型的记忆持续时间更长,比如你可能就还记得上周或去年做过的什么事。我们前面提到的 Henry Molaison 在切除了海马后,失去了形成新记忆的能力,最多只能记住 15 到 20秒之内发生过的事,也就是说,他还有短期记忆,因此海马肯定不是负责短期记忆的脑区。[66]但除了保持时间以外,记忆还能以另一种方式分类:情景记忆是对生活事件的记忆,比如你昨天中午吃了什么;语义记忆则是对事实的记忆,比如"加州的首府是萨克拉门托"。脑成像研究表明调用情景记忆和语义记忆会激活不同的脑区。[67]

63

记忆会激活多个脑区还有其他的原因。回忆可以是视觉性(那片海滩浮现在眼前)、听觉性(海浪声响起在耳际)或嗅觉(仿佛闻见了那股带着咸腥气味的海风);它们常常带有情绪色彩——可以是积极的,也可以是消极的(而那年我身边的她早已远去)。大多数回忆都同时带有许多这样的成分,每一种成分都会激活不同的脑区。因此回忆就像面孔状刺激物一样能在大脑中奏响电信号的

"交响乐"。

在第 1 章，我曾将围绕心智的科研工作形容为"漫漫曲折路"。开头这两章已带我们领略了一番路上的美景，包括一些岔道上的别样风情，如大众文化对心智及相关概念的见解、针对心脑间关联关系的怀疑论、有关僵尸的遐思，以及我们能否知道身为一只蝙蝠（甚至身为你最好的朋友）是一种怎样的感觉。

但不管我们曾怎样流连于这些岔道，终究要回到主路，也就是心智与大脑的关联上来。我们在第 1 章结尾部分曾介绍了一些研究心－脑关联关系的手段（见表 1－1），本章则介绍了大脑的一些基本的组织原则。接下来，我们将进入第 3 章。从现在开始，我们要将关于意识的非科学的猜测和悬而未决的"困难问题"抛在脑后，专注于探讨生理与行为研究揭示的心智的运行方式。作为讨论的第一步，我们要先聊聊心智的创造涉及的隐性机制。

第 3 章　内隐之心

The
Mind

我们所知的一切都是看不见的事物的投影。

——Martin Luther King Jr.

写下这些文字时，我坐在自家门廊里。后院里种了几棵大树，树上鸟儿们如互道早安般叽喳个不停。但我循声望去，所见唯树影婆娑而已。我知道它们就在那里——我能听见它们，但它们藏身在我看不见的地方。

鸟儿们是否在试图向我传递些什么信息？毕竟它们创造了我的（听觉）经验，而我又看不见它们——这和心智很像。你知道你的心智正在运行，因为若非如此你就读不懂这些文字。但在你阅读时，你没有觉察到大脑中正沿神经网络传递的成千上万个神经脉冲，也没有意识到自己正在使用哪些语法规则将单词组合成有意义的句子。你知道你的心智正在运行，因为当你环顾四周，就能了解到自己的处境。但你没有意识到这种理解当前处境的能力源于你的大脑通过先前无数次的场景体验已存储了足够的知识——这些内化的知识以某种方式将环境中那些单一的元素转化为你知觉到的连贯的场景。

66

心智是内隐的，对我们是不可见的。一个显而易见的事实是：对诸如决策等心理过程（回顾第 1 章 Donders 的反应时实验研究）、类似神经脉冲和大脑激活等生理过程（同见第 1 章）和那些创造意识经验的生理过程（见第 2 章），我们其实都是意识不到的。本章将继续探讨内隐过程，看看那些针对脑损患者的研究揭示了有关大脑生理学的哪些迷人的事实。

脑损揭示的内隐过程

虽然脑部损伤对当事人显然不是件好事，但它确实推动了对大脑内隐机制的研究。我们首先通过一种被称为"视觉失认"的现象来感受一下：

视觉失认：看见了，但没认出来

神经科学家 Oliver Sacks 继承了 Broca 和 Wernicke 的

传统（这两位确定了额叶和颞叶的特定区域对语言理解和加工的重要意义），他在《错把妻子当帽子》（*The Man Who Mistook His Wife for a Hat*）一书[1]中描述了患者"P博士"的案例：

"P博士"是一位著名的音乐家和音乐教师，有一天他发现自己遇上了点儿麻烦：看着学生们，突然就有些不太认得出来了——虽然只要学生们开口，他还是能立马认出对方是谁。起初他以为自己只是有些健忘，可随后他开始"看岔"一些常见的物品，比如将停车计费器看成是一个人，或开始尝试与家具的门把手聊天，显然这就不是单纯的"健忘"所能解释的了。他是眼睛不好使了，还是"疯了"？眼部检查表明他的视力完好无损，据其他多项衡量标准判断，他显然也并没有"疯"。

"P博士"最终被诊断为视觉失认，也就是对象识别能力受损。具体到他的个案，罪魁祸首是脑瘤——肿瘤影响了他枕叶和顶叶的视觉加工，他虽能知觉到对象的各个部分，但没法将这些部分整合起来。因此当 Sacks 向他展示摘自《国家地理》杂志的照片时，他能识别出照片中的细节，但没法在脑海中还原出照片上完整的场景。Sacks 给他看一枝玫瑰，他描述为"带有绿色线性附属物的红色盘绕形状"，当被追问这东西是什么，"P博士"

表示"这很难说",但猜测"它可能是一朵鲜花"。可是他只要闻一闻那朵玫瑰,立刻就能认出它来。也就是说,他知道"玫瑰"是什么,但没法创建相应的视觉意象。那些双眼已无法辨识事物的视觉失认患者经常闭着眼睛,只靠触摸来感知周围的世界。[2]

视觉失认现象和大脑中的内隐过程有什么关系呢?它向我们揭示了一个事实:知觉涉及神经加工,光有和对象的各个部分相关的信号抵达视觉区还不够。对特定物品或场景的各个部分的表征必须能组合起来,创造出对象或场景的连贯的、有意义的整体。这套机制在视觉失认患者们的大脑中运行失常了。

我们可以用 DF 的案例进一步讨论知觉对象的加工过程。DF 是一位 34 岁的女士,由于丙烷热水器泄露导致一氧化碳中毒,她在一次淋浴时晕倒在地,失去了意识。[3]这次事故夺走了她的视力,虽然在一段时间后她恢复了部分视觉,能认出明亮的颜色,但她形容自己视物"模糊",而且在针对形状和细节的视觉测试中得分很低。她对物品也缺乏识别能力,比如将一把螺丝刀描述为"黑色细长的东西",最终,DF 被确诊为视觉失认。

但 DF 并未因此完全丧失自理能力。她依然能完成一些需要身体动作的任务,比如穿过房间时避开家具,跟人握

68

手和开门。这引起了 David Milner 和同事们的兴趣，他们因此安排 DF 参与一个实验，测试她能否将一张卡片插入一道斜缝（图 3-1a）。[4]DF 拿起卡片，一边伸向斜缝，一边将卡片旋转到一个合适的角度，最后顺利地完成了任务。

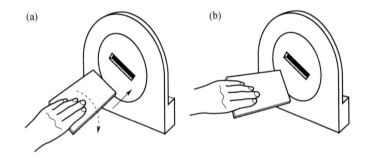

图　3-1

（a）DF 脑部的颞叶受损，但她能一边调整卡片的角度，一边将它插入狭缝　（b）她无法完成静态方向匹配任务，也就是在不将卡片伸向狭缝的前提下做出调整，使其匹配狭缝的角度

事情到这里还没什么特别，但接下来研究者们就发现，如果只要求 DF 将卡片旋转到一个能插入狭缝的角度，而不允许真的将卡片伸向狭缝，她就做不到了（图 3-1b）。也就是说 DF 在静态方向匹配任务中表现不佳，但在允许行动时表现良好。这说明我们判断方向涉及一套机制，协调视觉和行动则涉及另一套。[5]

我们可以参照针对猴子的实验研究来理解 DF 的表现。视皮质循两条通路向大脑的不同区域传递信号（图 3-2）。[6]

腹侧通路（将信号从枕叶传递至颞叶的通路）负责识别 69
物品，因此也称为"what 通路"。如果切除猴子的颞叶，
它就无法区分两个形状不同的物品了。DF 脑部的损伤就
位于颞叶，她的"what 通路"因此无法在识别物品或匹
配方向时发挥作用。

背侧通路（将信号从枕叶传递至顶叶的通路）负责
控制朝向特定对象的行动，因此也称为"how 通路"或
"where 通路"。如果切除猴子的顶叶，它就无法对位置不
同的物品做出合适的反应了。[7]由于 DF 的"how 通路"完
好无损，她在动态方向匹配任务中的表现也无懈可击。

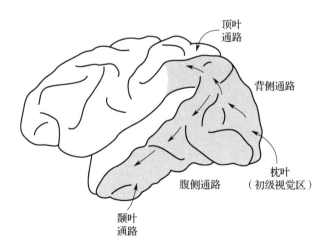

图　3 - 2

猴子的皮质通路，包括从枕叶到颞叶的腹侧通路（"what 通
路"）和从枕叶到顶叶的背侧通路（"where/how 通路"）

70 关于心智的内隐过程，腹侧通路和背侧通路的区别告诉了我们这两点事实：首先，我们其实并没有意识到仅仅类似于向邮筒里投放信件这么一个简单的动作就涉及皮质两个相隔甚远的区域间的复杂交互。其次，或许更重要的，是"how 通路"控制的行动其实不需要有意识地调用什么"知识"。[8]因此如果你旁观 DF 在测试中的表现，会发现她在静态任务中徒劳地试图调整卡片的角度，使其与狭缝匹配。但奇迹般的是，她只要一开始将卡片伸向狭缝，二者的角度很自然地就匹配上了！我之所以不说"她就很自然地将二者的角度匹配上了"，是因为 DF 并未有意识地旋转卡片。完好的"how 通路"自动接管了她的行动，甚至没有知会她一声！V. S. Ramachandran 和 Sandra Blakeslee 在《脑中魅影》（*Phantoms in the Brain*）一书（这书名真是恰如其分）中这样描述 DF 的行为："就好像另一个人——一个住在她大脑中的无意识的僵

71 尸——在指导她该怎么做。"她旋转卡片的动作"完全是无意识的，仿佛整个过程都由僵尸接管了，它不费吹灰之力就控制她的手完成了任务"。[9]

　　DF 受损的"what 通路"凸显了她"how 通路"在无意识地照常运行。重要的是，在那些没有遭遇类似损伤的人们的大脑中，这两条路通的运行是彼此协同的。我们可以举一个例子，设想你从凌乱的桌面上端起了一杯咖啡。

一开始，"what 通路"会帮你观察桌面，识别出摊在上面的那些物品，并从中认出那杯咖啡。然后，"how 通路"会引导你将手伸向它，并小心地避开近旁由"what 通路"识别的其他物品。

这还没完：你看着那只咖啡杯，"what 通路"会在"how 通路"调整你手部动作的最后一段轨迹时让你关注到杯把的形状，后者会据此调整你手指的姿态以方便抓握。最后，它还会调整手指施加在杯把上的力道，让你能将杯子端起来，在此过程中你还会考虑到"what 通路"提供的关于杯中还有多少咖啡的信息。尽管大脑中的两条通路相隔甚远，但正是它们间持续的相互作用让你最终得以端起那杯咖啡！

盲视：检测到了，但没看见

大脑中特定区域的损伤会凸显另一个区域的功能，这样的例子还包括枕叶受损导致的一些罕见的副作用。George Riddoch 调研了一批在第一次世界大战中负伤的老兵，发现枕叶特定区域的损伤会导致他们视野中的特定区域失明。[10] 但他同时发现，一些人仍旧可以检测到失明区域的运动刺激。Riddoch 在他们失明的区域竖起一根手指，他们表示看不见；但在他晃动手指的时候，他们又报告说

72

"有什么东西在动"。这些老兵不确定是什么在动，甚至不确定这东西有没有特定的形状，但只要有东西在动，他们都能分辨出来。

五十多年后，Lawrence Weiskrantz 研究了一位名叫 DB 的患者，在他身上发现了与 Riddoch 的老兵们类似的现象：视野中失明的区域仍有"知觉"。[11] DB 时年 34 岁，在一次手术中，医生为切除导致他头痛和幻觉的肿瘤，连带着切除了他的部分枕叶。Weiskrantz 对 DB 实施了视野检查（这种检查要求患者报告能否看见在视野的不同位置闪动的光点），发现 DB 能看见视野右侧的刺激，但在光点位于视野左侧时他就看不见了。

在确定了 DB 能看见（以及看不见）视野中的哪些区域后，Weiskrantz 提出了一个让 DB 感到奇怪的要求："我将在你的'盲区'闪动一个光点，希望你能用手指指出光点的位置。"令人意外的是，DB 准确地指出了光点的位置，即便它闪动在他完全看不见的视野左侧。就连 DB 自己也惊讶不已，他说他什么也没看见，只是靠猜的。Weiskrantz 将 DB 这种虽没看见但能检测的能力称为"盲视"。

DB 不仅能指出盲区内光点的位置，还能准确地判断出盲区内的一根手指是在上下晃动抑或左右晃动（如果让他在这两种运动方式中选择的话），或呈现在盲区内的一个符号是 X 还是 O。就像在判断光点的位置时一样，完成这些任务后，DB 坚持说自己什么也没看到。

DB 是怎么做到的？脑损患者这种在视野盲区依然能检测到刺激物的能力揭示了一个内隐的过程。有观点认为盲视现象表明在从双眼到枕叶区域的主通路受损后，还有一条视觉通路在正常运行。[12] 虽然双眼上传的信号大部分会抵达视皮质，还是有约 10% 的信号会传递到一个被称为上丘（superior colliculus，SC）的皮质下结构。而后，这些信号会从上丘被传递到"how 通路"的相关组织，以辅助正常的运动知觉。令人费解的是：在失去枕叶皮质后，一个参与正常运动知觉的区域为何具备这样一种神秘的能力，让患者能检测到看不见的运动和物体。

73

忽视："注意范围"以外

另一种与知觉丧失有关的神秘现象是所谓"忽视"（visual neglect），常由大脑右半球颞顶叶交界邻近处的区域受损所致，患者似乎失去了视觉世界的左半部分[13]——他们会忽视左侧的人和事物、只吃右半盘食物，或刮胡子只刮右半边。让他们临摹一幅照片，他们也常常忽视照片中事物左侧的细节。

对上述症状的一种解读是：他们的左侧视野失明了。

但事实并非如此——假如我们要求患者关注左侧视野中的
事物，他们就能看见。换言之，他们更像是"没注意"，
而不是"看不见"左侧的东西。

74   我们能通过在实验环境中测试这些患者进一步理解忽
视现象。假如要求他们始终注视正前方的一个小十字符，
期间在左侧给予闪光刺激，他们会报告说看见看了闪光。
这再一次说明他们的左侧视野并没有失明。但如果同时在
左右两侧给予闪光刺激，有些被试会报告说看见了右侧的
闪光，但不会说看见了左侧的。这种在右侧给予竞争刺激
时对左侧刺激失去觉知的现象被称为"视觉消失"
（extinction）。

视觉消失启迪了对忽视现象的探索，似乎患者之所以
忽视环境中的某些事物，是位于右侧的竞争刺激所致。这
再一次指向了大脑的内隐过程。因为若只有位于左侧的刺
激物，它产生的信号就会传递给大脑，让患者看见刺激
物。但若在右侧加入另一个刺激物，尽管左侧刺激物仍会
产生和先前一样的信号，患者却"看不见"它，因为他
们"分了心"，只顾着关注右侧更强大的刺激物了。

因此"看见"或"有意识的觉知"既需要刺激物向
大脑传递信号，也需要大脑对刺激物投放注意资源。这对
非脑损患者也一样，他们常常忽略那些发生在注意范围以

外的事物，但这与"忽视"现象还是有区别的——他们
至少能意识到有"注意范围"这么个东西！

视觉消失和忽视现象给我们的启迪还不止这些，因为
有研究表明特定类型的刺激物能在一定程度上对抗视觉消
失现象。当实验者在忽视患者的左侧视野中呈现其从未见
过的圆环形刺激物，同时在右侧视野中呈现其同样首次接
触的花朵形刺激物时，患者只在 12% 的试次中能看见圆
环（图 3 - 3a）。可见当圆环位于左侧时，视觉消失现象出
现的概率很高。但当实验者将刺激位置互换，使花朵于左
侧呈现，患者能看见它的概率就提高到了 35%（图 3 - 3b）。
最后，如果在左侧视野中呈现蜘蛛形刺激物，则患者在高
达 80% 的试次中都能看见（图 3 - 3c）。[14]在一个类似的实
验中，患者更容易看见左侧视野中带有情绪色彩（悲伤
或快乐）的，而不是表情平淡的人脸。[15]

但为什么是蜘蛛？答案似乎很明显：蜘蛛形刺激物更
容易吸引注意力，或许是因为它们可能构成潜在的威胁，
导致了情绪反应，而花朵形刺激物则没有这种效果。但左
侧视野中的事物到底是蜘蛛还是花朵，患者是怎么知道
的？他们首先得"看见"那东西，对吧？但如果他们看
见了，在"圆环 - 花朵"条件下又为什么经常报告说没
看见？

情况似乎是这样的：花朵和蜘蛛产生的信号都在大脑的皮质下水平得到加工，以识别刺激物是什么，而后另一个加工过程决定了哪个刺激物能被有意识地看到。上述潜意识水平的识别即所谓"前注意加工"（preattentive processing），表明其在视觉系统中发生在注意资源分配前。患者意识不到前注意加工，因为这是一个内隐的过程，仅持续不到一秒。刺激物只有被选中并接收了注意资源，才能被有意识地"看见"。[16]

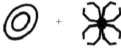

12%

（a）圆环在左，花朵在右

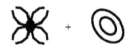

35%

（b）花朵在左，圆环在右

80%

（c）蜘蛛在左，圆环在右

图 3-3

用于确定视觉消失程度的一系列测试。左侧图形下的数字表示那些通常忽视左侧视野的患者在多大比例的试次中能检测到该图形 （a）圆环在左，花朵在右 （b）花朵在左，圆环在右 （c）蜘蛛在左，圆环在右

上面谈到的所有情况有一个共性：大脑的损伤造成了某种缺陷，而正是这种缺陷揭示了一些内隐的，或在正常情况下很难加以检测的过程。当然，我们要研究大脑的内隐过程，并不是非要从缺陷入手：比如记录人们做决策时大脑产生的电信号也是一条路子，我们来看看具体的做法。

77

决策前，大脑中

还记得第 1 章提到的 Donders 吗？他试图用实验测量人们要花多长的时间做出闪光位于左边还是右边的决策。我们现在就来聊聊决策，但是换一个角度，回顾一个经典的研究，它关注在我们决定做出某种肢体动作前的那段时间里，大脑中都发生了些什么。

Benjamin Libet 的著名实验：决策始于何时？

这个问题是由 Benjamin Libet 和他的同事们提出的，相关研究报告发表于 1983 年，被不少人誉为"或许是有史以来最重要的心理学实验"[17]。尽管对此也有争议，但说 Libet 的发现（在人们做出决策以前，大脑中就会产生相应的电信号）引发了学界的巨大震动和激烈讨论绝非言过其实。

Libet 在实验中让被试看着两米外的一个表盘（图 3–4a）。他事先为被试贴好头皮电极，每个电极都能测量其下方数千个神经元的电响应，这些测量结果共同绘制出被试的脑电图（EEG）。由于 Libet 想记录被试移动手指时的神经活动，这些头皮电极的位置对应于大脑的运动控制区域即"辅助运动区"（supplementary motor area，SMA）（位于颅骨顶部）。此外，他在被试的手臂上也布置了电极，测量手臂与手指肌肉的屈曲以绘制相应的肌电图（electromyogram，EMG）。

实验开始后，被试会听见"准备"的提示音，然后看见一个光点绕着表盘转动，大约每三秒转完一周。Libet 的指导语很简单："请在任意时刻弯曲一下你的手指——随时都行，只要你愿意。但要注意在你意识到自己弯曲手指的冲动时，光点正位于表盘上的哪个位置。"

Libet 的实验结果如图 3–4b 所示。D 表示"决策"，也就是被试声称他们意识到自己活动手指的冲动的时间。（Libet 本人使用的字母是 W，表示 will 也就是"意愿"，但在这里我们用 D 来表示 decision，也就是"决策"）。M 则是手指开始活动的时间。D 和 M 的间距表明：实际动作发生在决策（也就是产生弯曲手指的"冲动"）后约

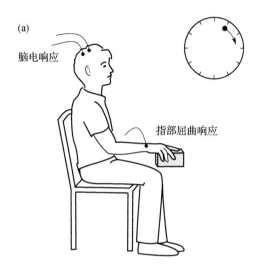

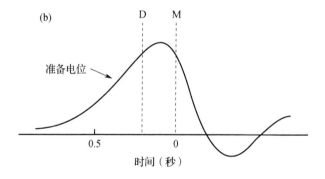

图 3-4

（a）Libet 实验的被试 （b）实验记录的脑电信号。D 是被试
声称他们决定活动手指的时间，M 是指部动作实际发生的时
间，"准备电位"则是在 D 之前产生的早期神经电信号

200 毫秒（也就是五分之一秒）。这很合逻辑：我们本来就预期动作将紧随决策而来，但这个实验真正的惊人之处，是它记录到脑电信号在 D 时点前约 350 毫秒就已经开始增强。在被试声称意识到自己弯曲手指的冲动前就产生的这种电信号被称为"准备电位"。

Libet 这样描绘他的实验结果："显然，准备电位反映了一些神经过程早在我们做出自发自愿的行动之前，甚至早在我们产生实施这些行动的有意识的意向之前就已经存在了。"这可是一个惊人的论断，因为 Libet 说的其实是：在一个人决定采取行动以前，大脑就已经开始了反应。

对 Libet 的实验，人们最初的反应是他会不会有什么地方搞错了。但在那以后，许多研究都证实了准备电位的存在。[18]比如说，Itzhak Fried 和同事们记录了辅助运动区单个神经元的电信号，被试是一些原本就计划接受手术治疗的顽固性癫痫患者。[19]记录神经元的活动以确定病灶位置和切除范围是术前的例行程序之一。

Fried 将 Libet 的实验程序应用于正在接受神经元活动监测的患者们：他要求患者们看着一只表盘，随时按键，并且要注意自己按键的冲动是在指针指向什么位置时产生的。他得到了和 Libet 的研究相似的结果：单个神经元的放电频率在 D 时刻前就会提高。Fried 这样描述他们的发现："在单个神经元水平，一个明确的神经过程于意愿产生前几百毫秒就会开始。"

这些结果意味着什么？Libet 的解释是，它们意味着早在人们有意识地做出决策以前，大脑中就会出现相应的信号。换言之，在我们"决定"以前，大脑就开始了无意识的活动。这个结论似乎有些违反直觉：难道我们连自己的决定都控制不了吗？Chun Siong Soon 和同事们这样描述 Libet 的实验造成的难题：

> 我们有一个基本的印象，认为自己能自由地在不同的行动方案间做出选择。但有证据表明这种"自由"的主观经验不过是一种错觉：早在我们意识到自己的行动意向前，一些无意识的心理过程就产生了，正是它们最终开启了我们的行动。[20]

事态有些严峻，因为我们距离"失去自由"好像也不远了！我们真的只是无意识的神经活动的傀儡，任由它们替我们做出决定吗？且不要急着下这个结论。一方面，我们已经看到那些无意识的过程怎样控制我们的行为了，后面我们还将介绍其他影响行为的无意识过程。这些发现多少有些令人不安，毕竟它表明我们的行为——

比如决策——是由某些不在我们控制范围之内的过程引导的，这样，它们还能否成其为"我们的"行为就很可疑了。

事实上，针对 Libet 的发现，科学家们已经做出了一些别的解释，根据这些解释，准备电位的存在并不意味着我们要"失去自由"。一种意见是，决策不是一瞬间的事，而是一个渐进的过程。[21] 具体来说，我们可以考虑一下被试做出决定的时间是怎么确定的。图 3 – 5a 描绘了准备电位。[22] 被试决策的时间（D）和做出动作的时间（M）则标注在三幅图的最底部。图 3 – 5b 以一种"全或无"的方式描绘了被试对自身决策的觉知水平：在时刻 D，被试对自身决策的觉知水平从 0（全无觉知）瞬间跳到了100（完全觉知）。图 3 – 5c 则描绘了一种假设：被试的决策过程是渐进式的，因此他们对自身决策的觉知水平也会逐渐积累，当觉知水平达到某个阈限（图中虚线），Libet 的被试就会说"我意识到我做出决定了"。Jeff Miller 和 Wolf Schwarz 的这个解释其实是在说，或许初始准备电位正对应于决策在达到觉知阈限前的"阈下"积累。[23] 因此并非我们"无法控制"自己的决策过程，只是决策过程最开始的几步总是我们意识不到的。

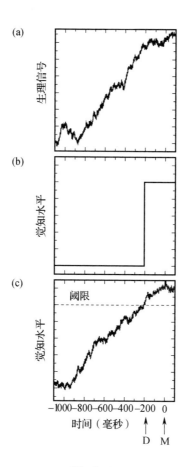

图 3-5

Miller 和 Schwarz 对准备电位的解释：（a）准备电位 （b）对决策过
程的觉知水平以阶跃函数的形式从 0 跳到 100 （c）Miller 和 Schwarz
对觉知水平的渐进式描述，根据这种观点，觉知水平会缓慢提高，直
到超过阈限（虚线），此时被试将声称他们意识到了自己的决定

83

　　Miller 和 Schwarz 是基于自己的研究和一系列早期实验的结果提出上述观点的。Chun Siong Soon 和同事们提出，"一个由高级控制区域构成的网络早在我们意识到以前就开始塑造我们的决策了"。[24] Patrick Haggard 则说 "对意向的意识有程度之分：走路的时候，我们几乎意识不到下一步该怎么下脚；但扣动扳机前，我们却能百分百觉知自己要干什么。"[25]

　　这种观点——对特定决策的感受有强弱之分，而且会在一段时间内逐渐积累，直到超过阈限——为动作电位与时刻 D 的关系提供了另一种解释。

　　Miller 和 Schwarz 的解释看似合理，但也并不唯一。围绕 Libet 发现的其他讨论包括质疑实验中使用的表盘无法精确地记录决策的时间[26]、探讨准备电位有无可能受动作指令以外的其他因素影响[27]，以及此类发现的深层哲学蕴涵。

　　相关哲学讨论有些涉及自由意志（我们能自由选择自己的行动）与决定论（我们的选择总有特定诱因）的关系。如果大脑在我们决定以前就会做出反应，这是否意味着我们没有 "自由意志" 这种东西？我们能否据此认为人们不该为自己的决定与行动负责？包括 Libet 在内的许多学者都曾探讨过这个问题，但这类哲学讨论经常变得超级复杂，而且无法达成共识。[28]

不论准备电位有哪些隐秘的机制和深远的意义，Libet 的发现无疑让科学家们产生了极大的兴趣，引出了许多研究和讨论。就我们的目的而言，这个令人印象深刻的实验再一次揭示了某些位于我们意识范围以外的过程。以此观之，Libet 的发现其实谈不上多 "革命性"，因为神经心理学研究早已表明许多生理过程都位于我们的 "觉知阈" 以下。Libet 的研究之所以影响如此深远，是因为它与行为（做出采取行动的决定）密切相关——而我们一直以来都以为这些行为尽在掌控。

接下来，我们将继续探索内隐过程，但关注点要从生理学事实（脑损或准备电位）转向纯粹的行为实验，以揭示环境中那些我们并未意识到的事物将如何影响我们的行为。

行为测量揭示的无意识过程

我们的行为受许多无意识因素的影响。针对这些影响因素的一个研究领域是内隐学习，也就是在当事人意识不到的情况下进行的学习，由此习得的知识也不在意识范围之内。[29]

内隐学习：习之而不自知

我们能在自己不知道的情况下学到什么东西吗？我们拥有一些连自己也没有意识到的知识吗？想想你平时和别人沟通的时候脱口而出的那些句子是多么地合乎语法，再想想你第一次学语法的时候有多痛苦，就很容易看出这些问题的答案都是肯定的。换句话说，在学会说你的母语时，你就连带着学会了它的语法规则，并能在交流中自觉地应用它们。但除非专门学过语法，否则你大概很难将这些规则一条条列出来。

85　　再想想我们是怎么骑车的。如果你会骑自行车，跨上车骑就是了。你不太可能将这个过程中的细节，比如"我尝试保持平衡，然后踩下脚蹬"描述出来——事实上，这里面的细节远不止于此。凭借深藏在所谓"运动记忆"中的经验，你的肌肉知道该怎么做，但要将它具体是怎么做的描述出来，可就不是你力所能及的了。

关于语言，我们可以回顾一下 Arthur Reber 的一个实验，尽管 Reber 做这个实验的时候还是个研究生，但它已被公认为一项经典的早期内隐学习实验。[30] Reber 想要证明的是学习能在无意识的情况下发生，他认为要证明这一点最好的办法就是让被试学习一门"人造语言"，这门语言中的所有表述都由 6 到 8 个字母构成，且字母只会从 P、T、V、X 和 S 中选取（比如一个表述可能是"VSTPXPS"）。有些字母串符合"语法规则"，有些则是随机组成的。当然所谓"语法规则"也是由 Reber 设计的，被试并不知道。Reber 发现，如果只向被试呈现那些符合语法规则的字母串，被试学习这些字母串时犯的错误就会减少一大半，即便他们并不知道背后的语法规则究竟是什么。

在实验的第二部分，被试们像先前一样学习一系列字母串，学习后，他们被告知这些字母串是根据特殊的语法规则创建的（依然不告诉他们这些语法规则是什么）。然后，他们会看到一些新的字母串，有些符合语法规则，有些只是字母的随机组合。令人惊讶的是，被试在 70% 的试次中都能识别出符合语法规则的字母串，虽然自己也解释不清——"它们看上去就像那么回事。"

Reber 的被试在毫不知情的状况下习得了他设计的"语法"，同样，我们也能在使用语言的同时习得语言的特征。举个例子，听到一句话，你能从中识别出单个的字词，这种能力被称为"语音分割"（speech segmentation）。你也许会以为我们之所以能将字词分离开来，是因为它们间原本就有停顿或间隙，就像页面上的文段中单词间必有空格。但要是对方说的是一口外语，碰巧你又听不懂，你就能意识到字词间未必有间隙存在了——字词与其说像是"连珠炮"，不如说是链成了一长条，彼此间连一点儿空间都没有。但假如你懂那门外语，不管对方说得有多快，单个的字词都像是彼此分离开来的，假如你对那门外语很熟悉，或对方说的干脆就是你的母语，这种感觉就更明显了。我们不知怎地就解决了语音分割问题，将连续的声音信号分割成了一连串单个的字词。

我们之所以能做到这些，一个重要原因是我们能理解字词的含义。因此即便我们对一门外语并不熟悉，只会说其中的个把词——如"gracias"（西班牙语的"谢谢"）和"merci"（法语的"谢谢"）——在我们听一段流畅到似乎毫无间隙的西班牙语或法语陈述时，这些词一旦出现，还是会从那听上去毫无意义的声音信号中"蹦"出来。

尽管这些字词就像是自己"蹦"出来的，但这种现象或许不应视为内隐学习，因为我们能够意识到这些单词和它们的含义。但其他一些语音分割机制则无疑是内隐的。比如说，人们会使用关于语言统计规律的知识，决定某个词在哪里结束或在哪里开始。学会一门语言后，我们就知道一些音节更有可能以某种顺序出现在单词内部，另一些音节则更有可能被两个单词的"间隙"分割开来。
比如英语中的词组"pretty baby"（萌娃），在英语中，pre
和 ty 很可能出现在同一个单词内部（构成"pre – tty"），
而 ty 和 ba 通常都分属前后两个单词（pretty baby），因此
声音信号"prettybaby"中的"空格"更有可能落在后两
者之间。

心理学家们用"转移概率"（transitional probabilities）
的概念来描述一门语言中不同语音的先后顺序。每一门语
言都有自己的语音体系和相应的转移概率，所谓"学会
一门语言"指的不仅是理解并能说出这门语言中的字词
和句子，还包括习得这门语言的转移概率。习得一门语言
的转移概率及其他常见现象的过程被称为"统计学习"
（statistical learning）。

早年间，Jennifer Saffran 和同事们通过实验证明了 8
个月的婴儿已能统计学习。[31] 在实验设置的"学习阶段"，
小被试们会听见四个无意义的"单词"，比如 bidaku、
padoti、golabu 和 tupiro，这四个"单词"随机排列，组成
了一段长约 2 分钟的、连续的"语音"信号（类似于
bɪdaku**padoti**golabu**tupiro**padoti**bidaku**）。为了方便读者识
别这一串字母该怎么分割，我们以加粗字体标记了"单
词"间的区别。但别忘了，实验中婴儿们听见的是一段

连续的声音信号，其中所有"单词"都用同样的语调读
出，且"单词"间不存在间隙，因此婴儿们没有可用于
分割信号的线索。

在同一"单词"内部，音节间的转移概率永远是
1.0。以"bidaku"为例，/bi/后面永远接着/da/，同
样，/da/后面永远接着/ku/。但一个"单词"的结尾与
另一个"单词"的开头间的转移概率只有0.33。如/ku/
（来自"bidaku"）后面有33%的概率接着/pa/（来自
"padoti"），33%的概率接着/tu/（来自"tupiro"），33%
的概率接着/go/（来自"golabu"）。

如果Saffran的小被试们对转移概率很敏感，他们就
应该将bidaku或padoti这样的信号听成"单词"，因为这
些信号内部的音节以一个相当高的转移概率联系在一起。
相反，他们不会将tibida（padoti的结尾加bidaku的开头）
这样的东西听成"单词"，因为这个信号内部的转移概率
相对而言要低得多。

要确定情况是否果真如此，就要对婴儿们进行测试。
实验者会让婴儿们听一系列三音节刺激信号，包括先前提
及的"单词"——比如padoti（称为"整体词刺激"），
以及"非单词"——比如tibida（由一个"单词"的结尾
和另一个"单词"的开头构成，称为"部分词刺激"）。

实验者的预测是，婴儿们在听"部分词刺激"时保持专注的时间会更长。这一预测基于先前的研究形成，一系列实验表明婴儿对重复呈现的熟悉刺激很容易失去兴趣，但会更多地关注先前未曾经验过的、比较新颖的刺激。因此，如果婴儿们将"整体词刺激"听成"单词"，鉴于这些"单词"在长达 2 分钟的"学习阶段"已反复出现，"部分词刺激"，也就是并未被婴儿们听成是"单词"的信号将得到更多的关注。

Saffran 用一种巧妙的方法测量了婴儿们对特定刺激信号保持关注的时间。他在播放声音的扬声器旁边呈现一个连续的闪光信号，用于吸引婴儿们的注意力，当婴儿们看向闪光时，扬声器开始播放声音；当孩子们看向别处，则停止播放声音。这样，婴儿们关注声音信号的时长就等于他们注视闪光的时长。结果发现，婴儿们果真如预测的那样，在听"部分词刺激"时保持专注的时间更长。我们可以据此推断，婴幼儿很早就拥有了借助转移概率分割连续语音信号的能力。

89

我们会在无意识的情况下遵循一些规则，这个话题在第 4 章、第 5 章还要加以讨论，届时我们将看到"预测性的心智"如何使用主体习得的环境信息，帮助其知觉日常对象。但当下，我们且考虑日常经验的另一方面：一些正在发生的事情会影响我们的行为（我们所做的事和我们对特定情况的反应），比如接触一种刺激会影响我们对另一种刺激采取的行动，这也是一种内隐学习，被称为"启动"（priming）。

启动："先前"影响"之后"

启动是过往经验对当前行为表现的一种无意识影响。[32]最简单的一种启动即"重复启动"指这样一种情况：先呈现一个刺激（启动刺激），而后该刺激会被重复（被启动刺激）。举个例子，先对被试呈现一系列单词，其中有一个"something"，再要求被试做单词完形填空"some__"，被试大概率会回答说"something"——也就是说，他们回答"something"的概率要比没有呈现启动刺激的情况下更大。另外一些重复启动实验表明，人们对先前呈现过的单词的反应相对而言要快得多。

你也许会说，重复启动不是什么内隐效应，因为被试可能意识到自己见过启动刺激。研究者对此的回应是，健忘症患者也受启动效应的影响，也就是说，即便不记得启动刺激，他们对被启动刺激的反应也会更快或更准确。[33]

许多研究还显示，启动刺激和行为间的关系并非总是那么一目了然的。举个例子，Aaron Kay 和同事们让一组被试看与商业情境有关的图片，包括办公桌、台式机，以及自来水笔，让另一组被试看"中性图片"如衣服、风筝和乐谱。[34]然后，他们要求被试做单词完形填空，比如"c_ _ p _ _ _ tive"，结果前一组被试中有71%的给出了"competitive"，后一组被试中则只有42%（该"中性图片组"似乎更偏好其他的答案，比如"cooperative"）。

Melissa Bateson 和同事们的研究显示，一些表明自己正被人观察的线索能在现实环境中提高被试的合作倾向。[35]实验场景选在了心理系的咖啡厅，几年来，咖啡厅的墙上（约目视高度）一直贴着一张纸条，写明购买咖啡或茶饮的学生应自行将价款投入一只"诚信箱"。Bateson 要做的只是添加启动刺激。她在纸条下面贴上了一张照片。一开始，照片的内容是两只眼睛，一周后，照片的内容换成了鲜花。这样，"眼睛"与"鲜花"的轮换进行了五次，为期十周。每个周末，Bateson 都会清点"诚信箱"中的钱。实验的结果令人印象深刻：在"眼睛周"，学生们投入诚信箱中的钱要比在"鲜花周"的多不少——平均下来能达到三比一的关系。

根据这些结果，Bateson 指出，眼睛的照片能鼓励合作性行为，因为它会让学生们产生一种感觉，仿佛自己的一举一动都在被他人观察，进而对学生们的行为反应造成了自动的、无意识的影响。可别忘了，这个实验是在心理系的咖啡厅里做的——显然，在行为易受外力操纵这方面，心理学家和常人并无不同！

外力能操纵行为反应的另一个例子，来自 Rob Holland 和同事们的实验。他们认为某些气味与特定行为有关。[36]在实验中，他们假设柑橘的气味会影响那些与清洁有关的行为。

Holland 让被试坐在一个小隔间里，小隔间里事先喷洒了一种柑橘味的空气清洁剂。被试的任务是尽快指出眼前屏幕上的一串字母是真词抑或"非词"。实验材料包括 20 个真词（如 bicycling、hygiene）和 20 个"非词"（如 poetsen、oprvisn），其中 6 个真词与清洁有关（如 hygiene、cleaning）。结果表明，周围弥漫着柑橘气味时，被试对清洁类真词的反应更快，而气味对其他真词则没有影响。

这个实验表明气味确实能影响行为。在此基础上，Holland 进一步要求参与实验的被试写下他们在这一天剩余的时间里想要做的五件事。与在无气味条件下进行实验的被试相比，那些在实验中闻过柑橘气味的被试列出了更多与清洁有关的活动（分别占计划的 11% 和 36%）。

本章从藏身树影间的鸟儿们开始，探讨了脑损患者的一系列症状如何揭示（健康）大脑内隐的运行过程；围绕 1983 年 Libet 实验的争论至今余波未平，但人们通常都认为该实验证明了大脑的"幕后活动"；此外，我们能无意识地学习和使用知识，也会在同样不知情的条件下受环境刺激的影响。

所有这些都要比藏在树影中的鸟儿复杂得多（毕竟鸟儿总是要现身的，比如飞下来捡面包渣的时候）。在接下来的两章里，我将集中探讨另一个在很大程度上同样是内隐的过程：心智如何持续地预测那些即将发生的事情。

第 4 章 预测性的心智之一：
知觉与行动

The
Mind

预测是心智运行的核心原则之一，在各种情境下表现为不同的形式。我们先来考虑这样一种情况：你面前有两只箱子，左边的箱子大，右边的小，但它们重量完全一样。你要握住两只箱子顶上的把手，在听到信号时同时将它们提起来。接下来发生的事情很有意思：你会将大箱子提得比小箱子高不少，而且说大箱子感觉要更轻。（再强调一次，两只箱子的重量完全一样。）这就是尺寸 – 重量错觉，该现象于 1891 年由法国生理学家 Augustin Charpentier 首次记录。[1]

如今，研究者们已对尺寸 – 重量错觉提出了许多解释。一篇最新的综述汇总了这些解释，并指出这种错觉最重要的诱因之一其实是人们对重量的预期。[2] 在观察那两只箱子时，我们会预测其中较大的那个较重。为了将它们提起来，你会对较大的那个箱子施加较大的力，于是它会被提起得更高，你也会惊讶地发现它"感觉更轻"。

虽说我们的预测犯了一个错误，因此产生了尺寸 – 重量错觉，但这只是一个特例。日常生活中我们的许多预测对我们准确地知觉外部世界并采取相应行动至关重要。事实上，预测关乎日常生活的方方面面，因此许多研究者将大脑描述为一台"预测机器"。特别是近几十年来，预测已被视为一系列认知活动如知觉、注意、行动、语言理解、记忆和人际交流背后的基本原则。[3]本章将就预测在知觉、注意和行动中扮演的角色呈现一系列案例，下一章则将预测的作用拓展到语言、音乐、记忆和社会行为。

94

对知觉到的世界作出预测

知觉并非仅由源自双眼的输入决定，它在很大程度上受我们的预期影响。

——Peter Kok 等[4]

关于预测的故事，可追溯至德国学者 Hermann von Helmholtz（1821—1894），他的研究涉及物理学、生理学和心理学等多个领域。

Helmholtz 的无意识预测

一开始，Helmholtz 意识到网膜视像的意义十分含混——许多不同的物体都能产生特定网膜视像。[5]举个例子，当我们看着一本书（图 4 – 1）[6]，书反射的光线在眼底的视网膜上形成了一个视像，它的形状由投影的几何过程决定：由书的边边角角反射的光线穿过晶状体，进入眼球内部，最终落在视网膜上。

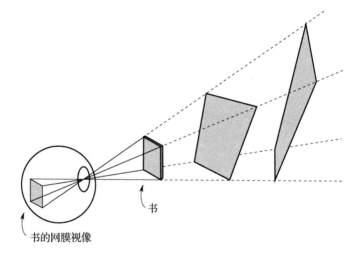

书

书的网膜视像

图　4 – 1

一只眼睛看着一本书。书投影至眼底的过程（实线）决定了书的网膜视像。网膜视像"反向投影"的过程（虚线）揭示了其他可能产生同样网膜视像的物体

书是矩形的，直视一本矩形的书能在网膜上产生一个矩形的视像，但视角一旦变化，视像也相应地会发生形变。因此一个物体能在网膜上产生各种视像。但一个更加严重的问题是（见图 4 - 1 中虚线部分）特定网膜视像可能由无数种形状各异的物体产生。具体而言，一本书的矩形视像也可能源于图示中的两个梯形物体，或其他四边形物体——只要它们的四个端点刚好落在四条"反向投影"的虚线上。

96

既然现实环境中的无限多种物体都能产生同样的网膜视像，"反向投影"对大脑来说就的确是一个问题了。大脑该如何确定产生某个网膜视像的物体？Helmholtz 借助"无意识推理理论"给出了一个解决方案。根据他的观点，我们要想推测产生特定网膜视像的物体，须利用"似然原则"，即：在所有可能的选项中，我们知觉到的物体应该是最有可能产生当前网膜视像的。

我们可以用一个例子来具体感受一下。图 4 - 2a 所示的网膜视像可能是由两个部分重叠的矩形导致的（图 4 - 2b），也可能是由一个矩形加一个倒置的 L 形物体导致的（图 4 - 2c）。根据似然原则，关于视觉遮挡的过往经验告诉我们，当前的网膜视像最有可能是由两个部分重叠的矩形导致的。

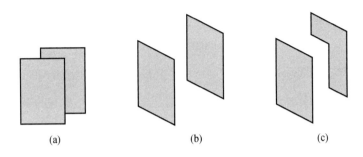

图 4-2
（a）通常会被解读为两个部分重叠的矩形（b），当然它也可能由
（c），也就是一个矩形加一个位置恰当的六边形产生

97 　　Helmholtz 的无意识推理理论其实是在主张：知觉是
以对"最有可能的外部情况"的预测为基础的。在他的
时代，这个观点遭受了普遍的质疑，人们不相信诸如推理
之类的过程可以无意识地进行。[8]直到近 100 年后的 20 世
纪中叶，该主张才开始为知觉研究者所接受。

20 世纪的发展

　　要了解 20 世纪中叶的学者们如何看待知觉，我们可
以回顾一系列生理学实验，这些实验的目的是研究单个神
经元如何对不同的视觉刺激做出反应（见表 1-1c）。
Haldan Keffer Hartline 于 20 世纪 40 年代提出了"视觉感
受野"的感念，一个神经元的感受野指的是皮质的一块

区域：只要该区域受到刺激，目标神经元就会被激活。[9]在
Hartline 的基础上，David Hubel 和 Torsten Wiesel 于 20 世
纪 50 年代发现光点能激活视觉系统低层的神经元，而视
皮质高层的神经元则会被特定朝向的，或有特定运动方向
的线条激活。[10]这些细胞被称为特征检测器，因为它们被
认为可检测视觉对象的基本特征。后续研究在视觉系统的
更高层发现了会对复杂几何形状、人脸或类似房屋和房间
等位置信息做出反应的神经元。[11]

视觉加工是分层的：低层神经元加工最基本的元素，
如光点和特定朝向的线条；高层神经元则对人脸、房屋等
复杂刺激做出反应。知觉过程始于视网膜，信息在向高级
皮质区域的传递过程中逐级得到加工，这被称为"自下
而上的加工"。尽管在 20 世纪下半叶，"自下而上的加
工"已成为生理学家们的共识，但对知觉过程的另一种
解释也在悄然兴起。持这种主张的学者认为要完整地解释
知觉，还需要承认"自上而下的加工"：信息会从知觉架
构的高层"向下"流动，与上行流动的信息相遇并对后
者产生影响。

早年间，下行加工过程的主要支持者之一是英国心理
学家 Richard Gregory，他于 1966 年在《眼与脑》（*Eye and
Brain*）这部著作中开门见山地指出"知觉并非仅取决于

98

刺激的模式，相反，它是对可用数据之最佳诠释的一种动态的搜索"，并据此提出"我们知觉到的事物都是些假设"。[12]

认知是一种假设，这正是 Gregory《眼与脑》一书的主题，尽管这只是一部面向大众读者的通俗读物，却依然提出了跨时代的见解。尽管 Gregory 的知觉观直接承袭自 Helmholtz 的无意识推理理论，他却没有在第一时间表明对后者的支持。Helmholtz 的名字在书的第一版中出现了几次，但直到 1978 年，Gregory 才在书的第三版中提到了无意识推理。他写道："大脑是一台概率计算机，我们的行动基于对一种未来状况的预测。"[13]这句引文来自书的结尾部分，很难发现。到 1997 年书的第五版问世时，Helmholtz 的思想才被单拎出来，放在了书的开篇和中部。正如 Gregory 所说："即便积极的、本质上是 Helmholtz 式的对知觉的解释如今已占据主流，我们也不该忘记，仅仅几年前，情况并非如此，而且直到今天，它也没能让所有人信服。"[14]

99

Gregory 对 Helmholtz 的无意识推理理论的态度反映了相关领域的研究进展。1997 年，《伦敦皇家学会哲学学报》出版了一期专刊，题为"皇家学会研讨会：介绍'人与机器基于知识的视觉'"，重点探讨自上而下的加工。2009 年，该杂志又推出了一期专刊，题为"大脑的预测：过去如何让我们做好准备迎接未来"，主要探讨自上而下的加工如何产生预测。[15] 可见在进入 21 世纪前，许多学者已开始关注预测，视其为 Helmholtz 无意识推理理论的"现代版本"了。[16]

这个"现代版本"的一个重要特点是，其主张知觉受环境中统计规律的影响，环境中的统计规律指的是这样一个事实：环境中有些事更有可能同时发生（见第 3 章）。[17] 举个例子，如图 4 - 3a 所示的斑块出现在图 4 - 3b 中，看上去就是桌面上的一只酒瓶；在图 4 - 3c 中，它看上去是人脚上的一只鞋子；在图 4 - 3d 中，它看上去又像是一辆小轿车，以及正在横穿马路的行人。我们将同样的斑块知觉为不同的物体，因为我们对不同的场景中更有可能看见些什么原本就拥有一些知识。[18]

图 4 - 4 同样展示了知识对知觉的影响：同样一张照片，拍摄的是沙滩上零乱的脚印，只不过在图 4 - 4a 的右边（图 4 - 4b）颠倒了过来。但这一颠倒，照片中的东西看上去就像是一个个突起的小圆沙丘了。[19]"光源在上假设"可用于解释这一现象：我们通常都假设光是从上方照下来的，因为在现实环境中，太阳和多数人造光源都位于上方。[20] 图 4 - 4c 和图 4 - 4d 显示，光源从左上方照射一个

凹坑和一个鼓包，分别会在凹坑的左边和鼓包的右侧留下
阴影。由于大脑预设光就是从上方照射下来的，物体表面
的明暗分布相应地也会影响我们对它们的知觉。[21]

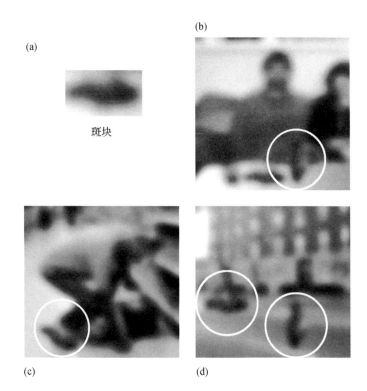

100

图　4-3
对同一斑块的多种解释：(a) 斑块　(b) 一只酒瓶　(c) 一只鞋子
(d) 一辆小轿车和一位过马路的行人。观者赋予同一事物的解释因其
所处情境而异

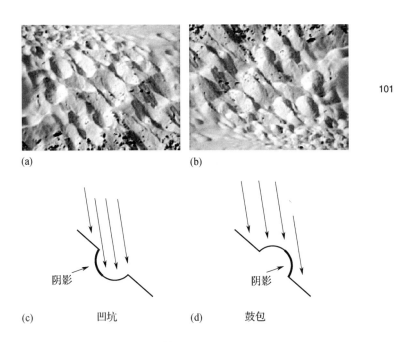

101

图 4-4

（a）沙滩上零乱的脚印 （b）将照片颠倒过来，脚印看上去就变成了
一个个小圆沙丘 （c）来自左上方的光线照射一个凹坑时，会在凹坑
左侧留下阴影 （d）同样的光线照射一个鼓包时，会在鼓包右侧留下
阴影

  不论我们在看什么，Helmholtz 式的无意识推理都无
时无刻不在发生，对有些人来说这一点很难接受。
Michael May 是一位成功的商务人士，三岁时因一场事故
失去了光明，但在四十六岁时通过移植角膜和干细胞又恢
复了部分视力。术后，May 一开始只能知觉到简单的运
动、颜色和形状。手术两年后，他说："今天和两年前最

102

大的不同，就是我对自己眼前的东西猜得更准了——不过我还是靠猜的。"May 知道自己在猜，因为他的知觉过程被相对模糊的视野拖累了，而且长达四十多年的闲置很可能已对他的视觉系统造成了破坏。但正如 L. F. Barrett 和 Moshe Bar 指出的："May 不知道的是，正常人其实也在猜，而且是持续不断地猜，只不过他猜起来要更费劲一些。"Barrett 和 Bar 指出，大脑存储了环境的表征，这些表征是由经验创造的，"大脑能使用这些表征，几乎在瞬间以一种连贯的、无意识的方式预测当前的视觉刺激对应于外部世界的什么事物。"[22]

但我们做出这些预测的具体过程是怎样的？早在 18 世纪，数学家 Thomas Bayes（1701—1761）就给出过一个答案，他在一篇论文中提出了著名的"贝叶斯定理"（这篇论文发表于 1763 年，也就是 Bayes 去世两年后），该定理的大意是：我们对某外部事态之概率的评估由两个因素决定：（1）先验概率（简称"先验"），即我们对该事态发生概率的初始信念；（2）可用证据与该事态之一致性水平，亦即该事态的"似然"。[23]

要理解贝叶斯定理，我们可以想象这样一个情境：Mary 想知道她的朋友 Chuck 为什么咳个不停。Mary 原本相信感冒或消化不良都可能导致持续咳嗽，肺病则不太会

103

有这种症状。这就是 Mary 关于"咳嗽的诱因"的"先验"。可是在详细地查阅了一些文献资料后，Mary 认识到咳嗽的原因要么是感冒，要么是肺炎，而不会是消化不良。这些额外的信息就是"似然"，Mary 将它们纳入考量后得到了结论：Chuck 很可能是感冒了。现实中，贝叶斯推理是一种数学处理，将对特定事态的先验和该事态的似然相乘，得到该事态的概率。换言之，贝叶斯推理就是使用额外证据更新先验并得出结论的过程。[24]

虽说贝叶斯的原始论文与知觉无关，而且贝叶斯的思想在至少一个半世纪的时间里一直默默无闻[25]，在 20 世纪，人们还是开始意识到了他的非凡见地，并开始用贝叶斯定理解释行为推理（比如 Mary 和 Chuck 的例子）和知觉。[26]比如说，我们可以用贝叶斯定理解释对物体的识别：回到图 4-1，假设你看着桌面上的一本书，此时，你需要确定眼前的东西是什么样子的。鉴于你的网膜视像意义十分含混，这就需要先验介入——你拥有一个先验：书一般是矩形的。因此，你的初始信念是：桌面上的物体很可能是矩形的。

额外证据（比如该物体的网膜视像、它如何随视角和距离而变，以及该物体位于桌面上这一事实）越充分，该物体是矩形的"似然"就越高；这些额外证据与你的

104 先验（该物体是矩形的）越是相符，"该物体呈矩形"的知觉信念就越强。需要注意的是，你不一定能有意识地考虑这些信息，这个推理的过程是自动进行的，用不了多长的时间。重点是：虽然网膜视像仍是对书本形状的知觉的起点，先验信念的加入也将大幅降低产生当前网膜视像的物体可能形状的数量。

贝叶斯定理其实是对 Helmholtz 无意识推理理论的重述——我们知觉到的事物，是那些最有可能产生我们接收到的感知刺激的事物——只不过它采用了一种概率化的表达方式。[27] 具体而言，Bayes 规定了新旧信息是怎样结合起来的：从一个假设出发，贝叶斯定理揭示了我们如何使用额外的证据重新评估该假设的概率。[28]

我已经描述了人们如何使用推理预测外部事态。但大脑中的神经元具体是怎样实施这种推理的？

推理的神经机制

预测的神经机制是怎样的？这个问题让我想起了我的研究生导师，他曾说，围绕一种疾病的疗法发表的论文越多，我们对如何治愈这种疾病了解得就越少。这一点也适用于预测的神经机制，因为虽然关于大脑如何实施预测已有海量论文面世，但对它具体是怎么做到这些的，人们的

共识依然非常有限。[29]我将描述一些现有的观点，但别忘
了，对预测的神经机制的研究仍处于起步阶段。

关于预测的神经机制，一个符合逻辑的出发点是区分
"自上而下"的加工和"自下而上"的加工。研究者已借
助行为实验提出了许多关于高层神经过程如何影响上行神
经反应的假说，其中一个假说是以 Moshe Bar 的发现为依
据的。Bar 向被试呈现一些快速闪过的图片，让他们识别
图片上的物品（这些物品都是被试熟悉的）。他发现网膜
信号会在图片呈现后 130 毫秒上传至前额叶皮质，这些信
号与物品的归类（"那东西的形状就像一把伞"）有关；
而与物品的辨识（"那是一把阳伞"）有关的信号循一条
更慢的通路上传，直到图片呈现后 180 毫秒才抵达颞叶
皮质。[30]

Bar 提出，当网膜信号抵达颞叶时，会与来自前额叶
皮质的高层信号相遇（图 2 – 1），这些高层信号提供的信
息将有助于颞叶确定物品是什么（比如是一把特定种类
的伞）。额叶皮质会对视网膜上行传递的信息施加自上而
下的影响，Bar 将这种影响称为"前额叶调制作用"
（prefrontal modulation）。

纵然高层信息会影响对低层信号的解释，我们也还并
不清楚高低层信息具体是怎样相互作用的。对这个问题的

105

一种回答被称为"预测编码"（predictive coding），其出发点是：大脑拥有"世界模型"，反映了环境事件的统计规律。预测编码的主张假设自感受器上行传递的信号会与下行传递的模型信息对比，二者的差异就是"预测误差"（图4-5a）。而后，这些误差信号会上传至视觉系统的高层区域，帮助修正高层模型，使其与传入信息相匹配。如此，模型就扮演了对外部事件的"最佳猜测"，知觉也因此得以实现！

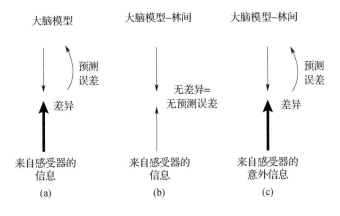

图 4-5

（a）来自感受器的信息上行传递，与表征大脑模型的下行信息相遇。二者间的差异就是预测误差，误差信号上行传递，为大脑提供修正模型所需的信息 （b）在林间漫步时，若无意外事件发生，来自感受器的信号与模型间无差异，因此不产生预测误差 （c）意外事件发生时，来自感受器的信息与模型不符，产生了预测误差

比如说，想象你在林间漫步，眼前繁茂的枝叶与大脑关于"在林间最可能看见什么"的模型相符（图 4 - 5b）。你没遇见什么意外的东西，此时预测误差水平很低或根本不存在。但若有些意料之外的事态发生了，比如突然传来一阵响动，就像有什么东西正穿过灌木丛向你冲来，此时新的传入信号与模型不符，因此产生了预测误差（图 4 - 5c）。这些误差信号上传至系统的高层，修正了大脑的模型，让你得以应对眼前的新情况。

107

因此预测误差提供了重要的学习机制。遭遇意料之外的情况时，预测误差让我们得以对模型进行必要的修正，以应对新异事态。通过记录与预测有关的神经活动，生理学家研究了预测误差的神经机制，比如猴子得到意料之外的奖励（比如一口果汁），或没有得到意料之中的奖励时，它们的"预测神经元"放电频率会发生改变。[31] 研究还发现了会对意料之外的知觉刺激做出反应的神经元。Travis Meyer 和 Carl Olson 用图片训练猴子，图片配对呈现：一幅图片（比如"蘑菇"）后面总是跟着另一幅（比如"蝴蝶"）。[32] 训练后，猴子在看到"蘑菇 - 蝴蝶"组合时，它们大脑中这些神经元反应相对较弱，而如果在"蘑菇"的图片后呈现的不是"蝴蝶"，这些神经元的反应会激烈得多。类似这样的发现让研究者断定：不可预测性——也就是"预测误差"——常由激烈的神经反应标定。[33]

对预测误差的激烈反应有其适应价值。对生物而言，能侦测到意料之外的情况很重要，因为意料之外的情况往往意味着危险。比如宁静的林间突然传来某些响动，你需要立刻确定出了什么事，并快速做出应对，因为可能正有只灰熊在向你冲来。同样，若你能准确地掌握外部情况并预测事态的发展（就像你平时在林间漫步时那样），视觉系统就将开启"自动模式"，这样消耗的认知资源也要少得多。将同样的逻辑应用在驾驶上：在熟悉的道路上通勤时，用于"认路"的资源相对较少，这样大脑就能在加工能力上为意外事件（比如突然有小孩横穿马路）留足余地。[34]

108

我一直在描述环境信息如何在视觉系统的多层架构中上行传递，在此过程中与基于世界模型的下行期望遭遇并两相对比。但当前的预测加工模型要比简单地说"预测误差等于传入信息与世界模型的差异"复杂得多。一些研究者指出，双向信息的对比并非如图 4-5 所示仅发生在一处，而是发生在视觉系统的各个层级。这个过程被称为"多层预测加工"，意思是在从感受器到大脑这一通路上的多个位点都会参与计算预测误差。[35]

系统的不同层级都会参与预测误差的计算，各层级对应的信息类型也有差异。比如说，视觉系统的低层神经元会对视觉刺激的简单特征做出反应，比如线条的长度和方向；系统的高层神经元则对特定类型的刺激，比如人脸、工具或场景做出反应。不消说，多层预测加工增加了神经计算的复杂性，为此人们提出了许多复杂的方程和神经流程图来解释视觉系统的预测加工。[36] 但是，即便这些流程图是基于实证研究绘制的，而实证研究又为预测误差的处理提供了证据，误差信息具体如何修正我们的表征仍不清楚，对神经元完成上述任务的具体机制的描绘依然是粗线条的。[37]

我们暂且打住，回顾一下视觉加工理论自 20 世纪 50 年代以来是怎样变迁的。一开始是多层视觉加工进路，主张视觉系统的各个层级分布着不同的特征检测器，且层级越高，检测器对应的特征就越复杂。换言之，视觉加工是纯粹自下而上的过程，高层加工建立在低层加工的基础之上。但预测编码机制对自上而下的加工过程的强调让我们看到了问题的另一面。高层信息的重要性和下行信号在视觉系统中扮演的关键角色已得到普遍承认。[38] 预测编码理论的支持者 Andy Clark 就曾表示："大脑的日常工作并非加工输入，而是预测输入。"[39]

109

超越静态知觉

我们对预测的探讨始于 Helmholtz 的洞见，即网膜视像意义含混的问题可由推理解决。虽说像预测误差或多层预测加工之类的概念给 Helmholtz 的观点披上了时髦的外衣，关于预测在知觉过程（我们将要看到，其实是在宽泛意义上的各类认知过程）中发挥的作用，最有说服力的证据还是我们与环境的交互。

人们可以单凭心智与环境交互，比如观察到某个事件，再考虑它意味着什么。但大多数情况下，交互还是需要与环境的物理性接触，这种物理性接触就包括移动，而移动又取决于预测。我们从双眼谈起——眼动就几乎无时无刻不在进行。

110　　　**眼动**

我们与环境的交互离不开眼动。举个例子，面对某个场景，我们通常都会扫视一番，以确认其中的对象及对象间的关系。图 4 – 6 就记录了一位被试扫视一张图片时眼动的轨迹。[40]每一个点都代表被试注视相应的位置约几分之一秒，每一条线都代表一次眼跳，也就是注视点从一处快速移动到下一处。人们观察某个场景时的注视点每秒通常都要变换两到三次。

　　眼动几乎无时无刻不在进行，原因是视网膜上有一处"中央凹"，我们直视物体时物体的像就落在那里。中央凹能提供高精度的视觉经验，因此每当我们想要看得更清楚些，就会转动眼球，将中央凹指向视觉对象。眼动反映了注意的转移，我们因此得以观测心智，因为心智控制了我们的眼动，而眼动又进一步证明注意确有预测性的一面。

111

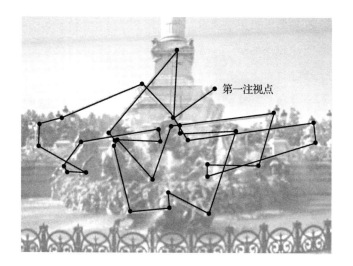

图 4-6
对自由欣赏图片的观察者眼动轨迹的描绘，图中的黑点即注视点，眼跳由直线表示

视觉注意的早期研究揭示：显著性（salience）是注意指向的强大决定因素。显著性通常是由物理特性决定的，场景的特定部分若具有显著性，其看上去会较之其他部分更为突出。比如太阳在阴暗的林间空地上投下的一块亮斑、一头动物从一处蹿向另一处，或在均匀灰色背景下的一抹亮色……所有这些都很容易"抓住我们的眼球"。但随着时间的推移，显著性的魔力会逐渐消退，主要基于习得知识和预测的更高层因素将逐渐占据主导。以下是一些常见的例子：

在熟悉场景中的搜索。我们拥有特定对象通常位于场景中何处的知识，这些知识能指引我们在一个场景中搜寻该对象。比如在厨房里找一只杯子的时候，我们会将眼动轨迹控制在台面附近；在房间里找一幅画的时候，我们的目光会扫过墙壁。[41] 换言之，环境的统计规律控制了注视点的位置。[42]

遇见意料之外的事物。有些东西看上去很显眼，因为它们不在常待的地方。假如在一幅厨房的照片中，炉灶上摆着的是一台显示器，我们的注意力就会被那台显示器吸引过去。相比之下，旁边的胡椒罐就要"低调"得多。那些违背我们预期的事物会吸引我们的注意，如前所述，这和预测误差也有关系。[43]

任务相关的注意。通过在任务进行过程中测量眼动，研究者揭示了我们的注意如何随任务的进行而转移。举个例子，制作花生酱三明治的第一步是从枕头面包上切下两片来，放在碟子上。在这个过程中，我们的眼动轨迹从枕头面包移向碟子。该取花生酱了，我们已望向装花生酱的罐子；准备开罐子时，我们又盯着它的盖子——我们的目光总是指向当前场景与任务相关的部分，而且经常在行动开始前的几分之一秒就已经指向那儿了——基于对将要发生的事态的预测，我们总在使用这种"将将好"（just in time）策略。[44]

这些关于眼动和注意的例子告诉我们，双眼看向哪里是由（1）场景的特征和（2）我们基于对世界的了解做出的预测共同决定的。但虽说眼动让我们拥有了扫视当前场景的能力，注视点和眼跳的序列在指导心智关注场景中不同位置的同时，也产生了一个心智需要解决的问题。

问题源于注视点会从一处移到另一处。想象你在花园里闲逛，这一刻还看着一朵花，下一刻就转而望向两米开外的一座假山了。与此同时，你中央凹的视像也从花朵变成了假山。位于两个注视点（花朵和假山）之间的事物所形成的视像会在你的中央凹一扫而过，但这种动态刺激显然没有影响到我们——我们眼中的世界始终保持稳定，并未产生所谓"像移"（image smear）。

关于我们为什么没有产生"花儿飞走，假山飞来"的
动态知觉经验，Helmholtz 做出了这样的解释：双眼之所以
转动，是因为大脑的运动区会向眼部肌肉发送运动信号
（图 4-7）。与此同时，一个类似的信号会被传递至负责知
觉的脑区。Helmholtz 将这个信号称为"输出副本"
（efference copy），但如今的研究者通常称之为"伴随放电"
（corollary discharge，CD），它会在眼球转动前抵达知觉区，
让我们能对眼球即将开始转动做出预测。[45] 这种预测其实是
在告诉大脑："眼球要开始转了，这将导致场景视像的动
态变化——场景本身是静态的。"我们因此不至于将那些
因眼球转动导致的动态刺激知觉为场景的变动。[46]

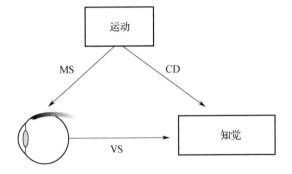

图 4-7

注视点变动时，我们之所以不会知觉到"像移"的基本原理。要让眼球
转动，运动区要向眼部肌肉发送运动信号（motor signal，MS），同时将该
运动信号的一个副本，也就是伴随放电（CD）传递至负责知觉的脑区。
眼动时，视觉信号（visual signal，VS）也被传递到知觉区，告诉我们网
膜视像如何变动。但是，它会与伴随放电遭遇，后者将抑制因眼球的转
动而产生的动态知觉经验。需要注意的是，这是一个高度简化的图示，
与这个过程有关的运动和知觉涉及多条通路和多个脑区

根据上述逻辑能得出这样的结论：若眼部活动时我们的运动区不产生伴随放电，眼前的场景看上去就将是动态的。我们可以模拟这种效应：闭上一只眼睛，轻轻按压另一只眼睛的眼睑，让眼球在眼窝中轻微地移动。此时大脑并未向眼部肌肉传递运动信号，也没有向知觉区传递输出副本。因此，你眼前的事物（看上去）会开始晃动。想象一下，这种状况如果在你每次扫视一个场景时都会发生，势必十分恼人。因伴随放电而做出的预测为我们创造了一个稳定的经验世界——不论眼球怎么转动。[47]

显然，快速做出预测是人类的关键"技能"之一。还有许多物种也能应用伴随放电，蟋蟀就是一个例子。雄性蟋蟀会用摩擦前翅的方式发出啁啾声，用这"歌声"吸引异性、吓退其他雄性竞争者。它们的啁啾声由三到五个脉冲组成，每个脉冲持续约 250 毫秒（1/4 秒），然后沉默约 300 到 500 毫秒。这种啁啾声的特点之一是其音强可达 100 分贝左右。[48]

蟋蟀的听觉器官长在腿上，位置距离它的发声器官很近。你也许会以为蟋蟀的洪亮歌声能将自己给震聋了，其实并不会。这要归功于伴随放电，它能在蟋蟀每次"鸣叫"时抑制其听觉通路的信号传递，就像人类大脑中的伴随放电在我们转动眼球时抑制运动知觉一样。这种抑制只发生在蟋蟀出声之时，不影响其脉冲间隙的正常听觉。

伴随放电显然是眼动过程的重要成分，此外，我们与环境的其他交互方式也涉及预测机制的作用，它们对我们的其他感受，如触碰他人和被他人触碰时的经验也会产生影响。

触碰与被触碰

他人的触碰带给你的感受会比你用同样的力道触碰自己更加强烈。[49]这是为什么？试试抬起右手，伸出食指，再将指头慢慢落在左臂上。你的右手之所以会做出这些动作，是因为运动区向控制前臂和手部的肌肉发送了指令，与此同时，关于你的手指正在下落的信息会随输出副本被发送至与触觉相关的脑区，如躯体觉皮质。因此你左臂的触觉感受是由作用于表皮的感知刺激和伴随放电的信号共同决定的，后者会减弱你对触碰的感受。但如果有别人碰了一下你的胳膊，你的感受就只由感知刺激决定了。这与眼动的情况很像：伴随输出副本的眼动不会让你觉得眼前的世界也在晃动（即产生"像移"），同理，伴随输出副本的动作在躯体觉皮质激发的反应更小，它们感觉起来也更加轻柔。[50]他人的触碰在感觉上要比我们触碰自己时更强烈，我们在感受方面的这种特点具有适应价值，因为和

我们触碰自己时相比，他人的触碰更有可能意味着某种
危险。

触碰自己产生的感受要比他人触碰我们时的更弱，带
来的一个副作用是你很难胳肢自己！你可以先用右手食指
轻轻地搔左手的掌心，观察手指的动作和它产生的感受，
再闭上眼睛，对另一个人摊开手，让他对你做同样的事。
你大概率会觉得后一种情况下手心的瘙痒更加难以忍受。

Sarah – Jayne Blakemore 和同事们用实验证明上述差
异的确存在。他们用仪器轻轻刺激被试的掌心[51]，发现若
被试自己能控制仪器施加刺激，掌心会有感觉，但几乎不
痒；若刺激由仪器施加，且不可预测，掌心则要瘙痒得
多。他们同样使用伴随放电来解释这一现象，这个实验最
有趣的是，它表明不同来源的刺激产生的感受不仅有量
（强度）的差异，还有质的区别。

作用于环境

环视四周、感受触碰对我们经验这个世界必不可少，
但我们毕竟没法"出窍"，经验离不开我们作用于真实世
界的行动。我们能从一处走向另一处，能捡起地上的东
西，能操纵设备和其他物品。这一切同样离不开预测。考
虑一套动作流程，如图 4 - 8 所示：某人（a）将右手伸向

116

一瓶番茄酱，（b）握住它，（c）抓起瓶子，倾斜过来，再（d）瓶口朝下，用左手轻拍瓶底，往汉堡包上加点儿料。[52]要理解预测在这个过程中发挥的作用，我们就要将各个步骤分开来考虑。就从伸手去够瓶子开始。

图　4-8

往汉堡上倒番茄酱的各个步骤：某人（a）将右手伸向瓶子，（b）握住它，（c）抓起瓶子，倾斜过来，再（d）瓶口朝下，用左手轻拍瓶底，让番茄酱流淌出来（图片来源：Bruce Goldstein）

够取任何东西——不管是一瓶番茄酱还是一杯咖啡——的过程表面上都很简单：向那个东西伸出手去，然

后抓住它。但这套常见的动作背后隐藏着一系列绝不简单
的过程。当你决定要去取一瓶番茄酱的时候，一个脑区，
也就是"顶叶伸展区"（parietal reach region，PRR）会发
出信号，该区域的神经元会标示动作即将到达的位置。[53]
鉴于此时你尚未做出够取动作，PRR 的信号可视为对够
取动作的预测。动作开始后，视觉系统会监控手部的位
置，一旦实际够取动作偏离了预测的路径，就将产生预测
误差，指导你修正动作的轨迹。

　　类似的预测机制在抓握时也在起作用。所谓的"视
动抓握神经元"（visuomotor grasp neurons）会在我们看见
待抓握之物和调整手部姿态以适应其形状时被激活。[54]因
此早在触碰到番茄酱瓶子前，手部就已经为抓起瓶子调好
姿态了。

　　握住瓶子后，我们要将它拿起来。这个动作要用多大
力道也由预测性的过程决定，我们需要考虑瓶子有多大、
几分满，以及过往抓起类似物品的经验。瓶子是满是空，
对应的预测不同。如果预测准确，用的力就恰到好处；但
如果预测不准，就会产生预测误差，比如我们以为瓶子是
满的，但它其实是空的，这时我们会用力过猛，将瓶子举
得太高（正如我们在本章一开始提到的"尺寸 – 重量错
觉"），因此显然就需要一些调整。

119 最终，我们将瓶口对准了汉堡。但番茄酱太过黏稠，不容易倒出来，因此就需要用左手轻拍瓶底（图4-8d）。运动区会向左手肌肉发送指令，对拍击力量的准确预测将保证我们的右手能在这个过程中稳健地握住瓶子，这也要归功于伴随指令信号的输出副本。

但如果轻拍瓶底的不是你自己，而是另一个人呢？鉴于此时你无法使用伴随放电标记拍击的力度，右手的握持可能太紧，也可能太松——在后一种情况下，对方甚至可能直接将瓶子从你手中打下来。[55]

可见，即使像倒番茄酱这样稀松平常的事，都依赖感知/运动神经信号的持续交互和对即将发生的事态的持续预测——包括胳膊要伸多远、怎样调整手部抓握姿势以及抓握时要用多大的力气，这一切都取决于你在当前任务中需抓取什么东西。一支笔和一瓶番茄酱当然多有不同，相应的够取方向、手部姿态、抓握的力道也都不一样。想想你每天要做出多少类似的行动，就能对预测的频次有一个直观的感受：我们真的无时无刻不在预测。幸好通常我们都意识不到这些，因为大脑已将一切料理妥当了。在下一章，我们将探讨其他认知活动背后的预测机制，包括语言、记忆和人际互动。

第 5 章　预测性的心智之二：
语言、音乐、记忆与人际互动

The
Mind

心智具有预测的性质，不仅引导眼动、保证视觉经验的稳定性、让我们在环境中随心所欲地移动、摆弄和操纵各种物品，还渗透到诸如语言、音乐、记忆和人际互动等高层认知活动中去。

先考虑语言：假设你在汉堡店问服务员："能不能再给我些番茄酱？"你应该就能得到一个回答，没准儿还会开始一段对话。如果你独自就餐，可能会取一份报纸，边吃边读。不管怎样，你都在使用语言，而语言的使用涉及大量预测。聊完语言，我们再聊音乐：音乐本质上就是声音的序列，这和语言很像。接下来，我们将看看预测如何对回忆过往发挥意料之外的作用，以及如何帮助我们猜测未来（当然这就没那么出乎意料了）。最后是预测对社会生活的影响，涉及我们如何与他人互动。

语言

122　　语言承载了多个尺度的意义：音素构成有意义的单词，单词构成句子，句子又构成文段乃至故事。举个例子，假设有一句话是这样说的："My new puppy Nala is chew…"只从英语语法出发的话，你大概会预测 chew 这个词后面应该有个 ing，构成现在进行时。这个预测基本是不会出错的。但再往后预测就不太容易了，因为"My new puppy Nala is chewing…"（我的新宠物狗娜拉在啃……）后面可以接无数种东西，比如"my foot"（我的脚丫）"my furniture"（我的家具）或"my penguin"（我的企鹅）。这些选项在语法上都是正确的，但其中一个显然要诡异得多（当然假如这句话的情境变了，比如说你从上下文得知故事的主角身处南极，有一只宠物企鹅，或者这句话变成了"My new puppy Nala is chas…"）。显然，我们在使用语言时能根据已经出现的单词和语境连续不断地预测，这种预测在阅读和表达中都是必不可少的。再来看几个例子：

对一串单词的知觉

第 3 章曾提及这样一个观点：我们拥有关于一门语言

中不同语音间转移概率的知识，因此能解决语音分割问题，将连续的声音信号分割成一连串单个的字词。此外，我们还能根据情境对语音分割的方式做出预测，比如以下这两个句子：

———————

（1）Sally is a big girl.（萨利是个大姑娘。）

（2）Big Earl loves his car.（大艾尔很爱护他的车子。）

虽说"big girl"和"Big Earl"作为语音串是完全一样的，但在读这两个句子的时候我们会在头脑中用不同的方式分割它们。另一个例子是"I scream, you scream, we all scream for ice cream"，"I scream"和"ice cream"读起来也一模一样，我们之所以用不同的方式分割它们也是考虑到了句子的含义。

123

预测后续字词

前面的句子"My new puppy Nala is chew…"是语境影响语言使用的另一个例子。在这个句子中，预测的依据是句中已经出现的字词和句子所处的语境。我们可以使用"完形概率"——基于句中已经出现的字词预测某后续字词将会出现的概率[1]——测量这些效应。Keith Rayner 和同事们做了一个实验[2]，他们让一组被试看一个不完整的句子，让他们猜测下一个单词是什么，以确定完形概率。一个单词的完形概率就是选择该单词的被试的百分比。比如对以下两种情况，被试的任务是预测第二句话中"the"后面会跟着什么词（靶词）[3]：

———————

条件1：可预测

Hank is scared of eight-legged bugs.

（汉克害怕八条腿的虫子。）

He screamed when he saw the _____.

（看见_____时，他尖叫起来。）

条件2：不可预测

Hank has always been a fearful person.

（汉克向来胆小。）

He screamed when he saw the _____.

（看见_____时，他尖叫起来。）

在条件1中，单词spider（这正是靶词）的条件概率是0.7；而在条件2中，单词 spider 的条件概率只有0.125。在后续实验中，研究者测量了被试阅读句子时的眼动，发现与条件2相比，在条件1中被试注视靶词所在位置的时间更短（更常见的情况是：他们的眼动轨迹在

该处一扫而过）。可见人们在阅读（和交流）时会持续地
做出关于后续字词的预测，而且对某些字词的偏好要比对
另一些的更甚。

我们做出的预测经常会体现在注视的方向上。比如当
被试在观看如图 5 – 1 所示的场景时听到 "The boy will eat
the cake" 这样一句话时，他们的目光会在听到 "cake"
这个单词之前的 87 毫秒落在蛋糕上。但在他们听到的句子
是 "The boy will move the cake" 时，他们要在听到 "cake"

125

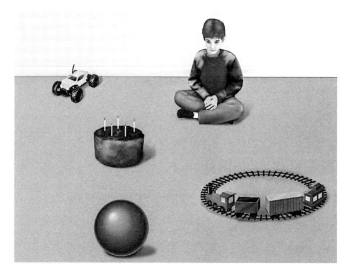

图 5 – 1

实验中，研究者让被试边听一个句子，边看一个场景，同时测量他们
的眼动。研究者发现句子 "The boy will eat the cake" 中的单词 "eat"
会让被试做出一个快速的预测，让他们在听到单词 "cake" 之前就将
目光投向蛋糕。而句子 "The boy will move the cake" 中的单词
"move" 则不会让他们做出这样的预测

这个单词之后 127 毫秒才会去注视蛋糕。显然，是单词 "eat" 让被试开始关注场景中唯一可食用的对象，而且这种关注在他们听到下一个单词之前就开始了。[4]

大脑中的电化学反应也能标记后续单词的可预测性水平。由头皮电极记录的事件相关电位（event - related potential, ERP）有许多成分，其中一个被称为 N400，这是在被试听到或读到一个单词约 400 毫秒后记录到的负波。单词越是出人意料，N400 的振幅就越大。

图 5 - 2 展示了在被试听两种句子时测量的 N400[5]。实线表明在听到句子 "There was a nice breeze so the girl went out to fly a kite" 中的第二个 "a" 时，大脑几乎没有什么反应；虚线则表明在听到句子 "There was a nice breeze so the girl went out to fly an airplane" 中的 "an" 时，大脑产生了振幅很大的 N400。之所以会产生这种差异，是因为 "a kite" 相对于 "an airplane" 而言在这个句子中的完形概率要高得多（fly 之后接 a kite 的可能性要比接 an airplane 高得多），因此大脑在听到 a 或 an 之前就对最有可能的后续词做出了预测。另一种描述是，最有可能出现的单词的表征在其实际出现前就被预先激活了。[6]

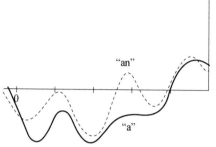

There was a nice breeze so the girl went out to fly...

图　5－2

句子 "There was a nice breeze so the girl went out to fly..." 后接单词 a 和 an 的 N400 反应（分别对应实线和虚线）。听到（低完形概率的）an 时产生了振幅很大的 N400，因此 N400 可视为某种 "误差反应"

理解句子

除了预测句中出现的单词，我们在阅读或交流时还会对句子的结构做出预测。所谓句子的结构，指的就是句中的单词怎样组织以实现措辞。对句子结构的预测被称为句法分析。[7]

句法分析解释了预测的哪些事实？比如一个像这样开头的句子：

（1）After the woman played the piano...

　　（那位女士弹完钢琴后……）

然后呢？你可能会猜测句子接下来是这样的：

...she got up and took a bow.

...she left the stage.

...the crowd cheered wildly.

这样，你就构造了一个整句，由两个部分构成，像这样：

(2) [After the woman played the piano] [she left the stage]

（那位女士弹完钢琴后，走下了舞台。）

但如果句子接下来是这样的呢？

...was wheeled off the stage.

127　你大概没想到还能这样，如此一来，句子的结构就成了：

(3) [After the woman played] [the piano was wheeled off the stage]

（那位女士弹完后，钢琴被推下了舞台。）

请注意，在句子（3）中，第一部分终于"played"，但在我们先前的猜测中——如句子（2）所示——第一部分则要将"the piano"囊括进来。

句子"After the woman played the piano was wheeled off the stage"是一个典型的"花园小径句"，因为它很容易将读者"引入花丛深处"（这种富有诗意的形容，说白了就是很容易误导读者），让他们最初的句法分析出错。花园小径句会让我们做出错误的预测，因为如果一个句子像（1）那样开头，它构成的整句中（2）会比（3）常见得多。我们据此对句子的后续部分做出预测，并在发现情况和预测不符时惊讶不已。

为什么会发生这种误导现象？说起来很复杂，"花园小径效应"受多种因素的影响[8]，比如句中单词的词意。假设有以下两个句子：

（1）The defendant examined by the lawyer was unclear.
（被告面对律师的审查，表示不了解情况。）
（2）The evidence examined by the lawyer was unclear.
（律师手中的证据简直一团乱麻。）

句子（1）更容易误导我们，因为在读完"The defendant examined"之后，我们将面临两种选择。被告（The defendant）可能正在受审（examined），当然也可能在自己检查或检视（同为 examined）什么，就像句子

128

"The defendant examined the courtroom" 所描述的那样。只有在读到 "…by the lawyer" 之后，我们才能确定被告是在受审。相比之下，在句子（2）中，"The evidence examined" 就只有一种可能的理解，因为证据（The evidence）不太可能自己检查或检视什么东西。

句子所处的语境也会影响上述"花园小径效应"。Thomas Bever（1970）就曾设计这样一个句子，其误导性之强至今鲜有匹敌[9]：

The horse raced past the barn fell.

等会儿，这句话是不是有什么问题？许多人一直读到 "barn" 都觉得很顺，可后面突然冒出一个 "fell"，他们立马就懵了，甚至开始责怪这个句子不符合语法。但只要看看这句话的语境，你就明白了：

———

Two jockeys decided to race their horses. One raced his horse along the path that went past the garden. The other raced his horse along the path that went past the barn. **The horse raced past the barn fell.**

两位骑手决定赛马。一位沿着小路飞奔，越过花园；

另一位沿着小路驰骋，越过谷仓。**越过了谷仓的那匹
赛马失蹄摔倒了**。

当然这个句子只要稍微改写一下，变成 "the horse
that was raced past the barn fell"，就不会这样让人疑惑了。
但即便不加这两个词，只要了解了相应的语境，我们也能
很好地完成句法分析。

既然预测并非百分之百准确，总有可能产生误差，你
可能已经开始怀疑预测究竟是不是一件好事了。答案是，
我们一直在对自己接下来将要读到什么、看到什么做出预
测，鉴于预测针对的是最有可能发生的情况，我们在绝大
多数时间里都是对的。大体而言，这就是 Helmholtz 的
"似然原则"：我们知觉到的是最有可能发生的事。语言
理解和知觉一样，我们有时会被误导，但能在多数情况下
都不犯大错。

音乐

> 欣赏音乐时，我们会一直就即将听到什么做出最
> 合理的假设。
>
> ——Stefan Koelsch 等[10]

下一次听音乐时，试试预测你即将听到的旋律。即便只是第一次听到某一支曲子，你的预测往往也能准确得令人吃惊。人们有能力做两种预测：（1）节奏预测，也就是什么时候会听见下一个音，以及（2）音符预测，即接下来会听见哪个音。

节奏预测

欣赏音乐离不开感知节奏，明快的节奏会让听者禁不住击掌应和或随之摇摆。音符与音符的规律接续产生了节拍，常见的有 4/4、2/4 和 3/4 拍等。节拍会让听者产生期待，指导他们预测接下来出现的音符。[11] 所谓"跟上节奏"意味着准确地预测接下来的一拍何时到来。

这种对节奏的预测伴随着脑波的振荡，当脑波与节拍同步时，振荡的波峰会与音乐的每一拍重叠，而后下降，再反弹预测下一拍（图 5-3）。[12] 这种反应的基础是为神经元的激活设定的特定时间间隔。[13]

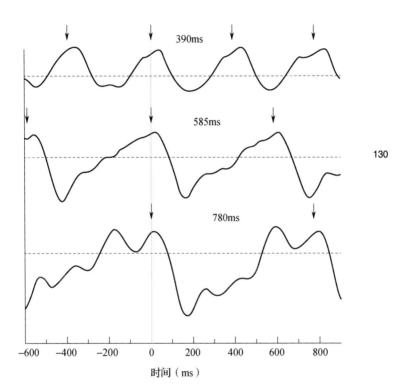

130

图 5－3

头皮电极记录的大脑对节奏的反应（横坐标为时间），箭头表示节拍，数字表示每一拍之间的间隔（单位为毫秒）。上方图为每分钟152拍的最快节奏，下方图为每分钟77拍的最慢节奏。脑波的振荡与节奏匹配，听见每一拍后很快到达峰值，而后下降，再反弹预测下一拍

大脑活动的有节奏振荡不仅证明了预测活动的存在，还会对预测误差做出反应。当大脑预测的常规节奏与切分节奏（syncopation）彼此失配，就会发生这种情况。[14]图 5 – 4 中的两个成分就描绘了这个过程。[15]图 5 – 4a 展示了 4/4 拍的一个小节，图 5 – 4b 则是同样一个小节，只不过每个四分音符换成了两个八分音符的连奏。为这两个小节"数拍"的方法标在乐谱下方，箭头表示拍子。节拍和音符间的对应关系很明显：每个四分音符（或连奏）开始时数拍，就像这样："1 – 嗒，2 – 嗒，3 – 嗒，4 – 嗒"。图 5 – 4c 展示了切分节奏的影响：开头的八分音符改变了节拍和音符的对应关系——观察中间的三个连奏，拍子都落在它们的第二个音符上。

切分节奏常见于爵士乐和嘻哈音乐，能让人"精神焕发"或情不自禁地随之起舞。[16]图 5 – 4d 显示，人们在聆听可预测性较低的切分音列（相比可预测性较高的非切分音列）时，大脑的反应更强。[17]可见预测和预测误差既有助于视觉加工和语言理解，又有助于感知节奏。我们很快就将看到，出乎意料的音符也会产生预测误差。

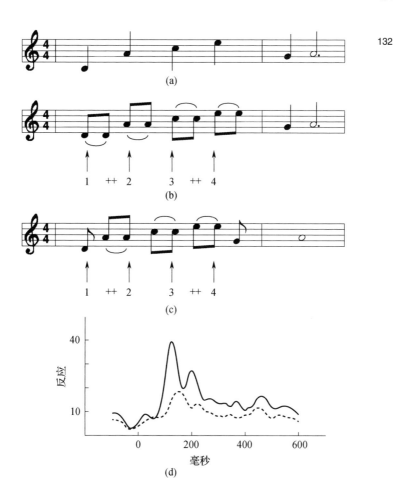

图 5-4

对切分节奏的解释：（a）四个四分音符构成了一段简单的旋律 （b）同样一个小节，只不过每个四分音符换成了两个八分音符的连奏。下方是为这两个小节"数拍"的方法，显示每个四分音符（或连奏）开始时数拍。二者都不属于切分节奏 （c）切分节奏的一个示例，开头的八分音符创造了切分节奏，让拍子落在中间三个连奏的第二个音符上 （d）大脑对非切分音列与切分音列的反应（分别对应虚线与实线）

音符预测

我们如何预测接下来会听见哪个音?[18]正如字词依句法规则串成语句,音符也依所谓的"音乐句法"组成旋律。[19]但虽说音乐和语言都呈时序结构,也都有各自的"句法",适用于它们的具体规则差异却非常大。字词的意义决定了它们的串联方式,而音符的组合是由它们的听觉属性决定的:有些音符放在一起就是好听。音乐中没有名词和动词的对应物,也不存在"谁对谁做了什么"这回事。[20]但是,口语和音乐的一个共同点是它们都需要听者预测自己接下来会听见什么——不管他听的是一个句子还是一段曲子。

听者之所以会对音符产生期望,是因为音符经常是围绕乐曲的主音(tonic)组织的。[21]一段乐曲的主音与它的"调"(key)有关,比如 C 就是 C 调的主音,组成 C 调的音包括 C、D、E、F、G、A、B。围绕主音的不同音调构成了一个框架,听者的预期就在这个框架中产生。

一个常见的预期是:一首曲子始于哪个音,就该终于哪个音。你指定听过这个:"一闪一闪亮晶晶,满天都是小星星。"它就满足了我们"回归主音"的预期:第一个和最后一个音都是 C。这种预期有时会非常明显,特别是

133

当一段曲子尚未回归主音就戛然而止时。（比如说只唱到
"满天都是小星"音乐就突然停了！）对音乐句法的这种
违背会让听者非常不适，他们会强烈地渴望听到最后一个
"星"——否则就会产生"悬在空中"的感觉。

对音乐句法的另一种违背是：一段旋律中某个音符或
和弦似乎与整体调性"不符"。Aniruddh Patel 和同事们选
择了一个乐句（如图 5 - 5 所示），他们针对乐谱上方的
箭头指明的和弦（靶和弦）[22] 设计了该乐句的两个变体，
将靶和弦分别替换为与其有些不符的"近似和弦"
（nearby-key chord）和与其非常不符的"差异和弦"
（distant-key chord）。聆听原乐句的被试有 80% 的概率表
示这段旋律可以接受，但将靶和弦替换为近似和弦后，这
个概率下降到了 49%；替换为差异和弦后，更是降到了
28%。显然，听者对各个版本的旋律在音乐句法上的正确
性是有评判的。

随后，Patel 用 ERP 研究大脑对各个版本的旋律的反
应。我们已经知道在聆听句子时，如果听到的单词和预期
不符，头皮电极就会记录到 N400，且单词越是出乎意料，
N400 的振幅就越人（见图 5 - 2）。而如果句中有一个单
词违背了语法，则在被试听到该单词后约 600 毫秒，头皮
电极会记录到正波，这就是 ERP 的另一个成分——P600。

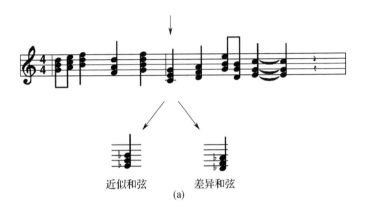

近似和弦　　　差异和弦

(a)

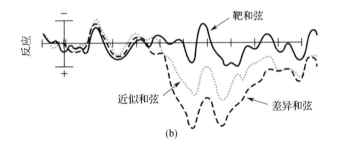

靶和弦

反应

近似和弦　　　差异和弦

(b)

图 5-5

(a) Patel 等人的实验中使用的乐句　乐谱上方的箭头指明了靶和弦。
在这段乐句的两个变体中，靶和弦分别被"近似和弦"和"差异和
弦"所替代　(b) 对该和弦不同变体的 ERP 反应。实线对应靶和弦，
点状线对应近似和弦，虚线对应差异和弦。与靶和弦的偏差越大，
ERP 反应越强。反应持续时长约 1 秒

比如句子"The cats won't eat"中的单词 eat 不会激发
P600 反应，但句子"The cats won't eating"中的单词
eating 则会，因为它体现了这个句子语法上的问题。

Patel 的测量显示：靶和弦几乎不产生正波反应，近似和弦和差异和弦则不然；与靶和弦的偏差越大，相应的反应就越强。Patel 据此断定音乐和语言一样是有"句法"的，这影响了我们对旋律的反应。[23]

原本设计用于研究语言的完形概率任务也能用于研究音乐，且同样揭示了预测对音乐欣赏的作用。在这类任务中，被试要听一串音符，然后唱出他们认为接下来会出现的音。有研究显示，总体而言，被试在高达 81% 的试次中认为一段新旋律会终结于主音，而接受过正规音乐训练的人尤其执著于此。[24] 可见欣赏音乐时，我们会关注当下的旋律，并就什么时候会听见下一个音，以及接下来会听见哪个音形成自己的预期。

136

记忆

> 预测让有机体占据优势。
>
> ——Daniel Gilbert 和 Timothy Wilson[25]

记忆作为我们所有知识的储备，对预测至关重要。最典型的例子是，我们能通过学习在两个事件间建立关联，比如鸟听到一阵铃铛声，就会联想到猫。这种关联提供了信号，让鸟得以避开它预测到的危险。在更复杂的层面

上，我们已经看到基于记忆中存储的单词和情境知识做出
的预测对理解语言有多重要。在这些例子中，鸟和人都是
通过从记忆中提取知识来做出预测的。但除此以外，预测
还能创造记忆。要知道它如何做到这些，我们首先要考虑
记忆是怎样形成的。

记忆的形成

在 2009 年的一项全国性调查中，有 63% 的受访者认
同以下陈述："人的记忆就像摄像机一样工作，能准确地
记录我们的所见所闻，让我们能在事后回顾这些经历并加
以解释。"同时有 48% 的受访者认同以下陈述："一旦你
经历了什么，形成了记忆，这些记忆就不会变化了。"[26] 事
实上，这两条都是错的。记忆可不像拍立得相机那样，能
咔嚓一声将事件记录下来，记忆的形成更类似于一种建
构：我们在某事件发生时获得的信息和那以后的某些经历
一同造就了对该事件的记忆。

建构式记忆的理念可由一个经典实验体现出来，第一
次世界大战前，Frederic Bartlett 让一批被试阅读一个加拿
大印第安民间故事，故事描绘的是一场战斗。Bartlett 要
求被试们在读完故事后将它复述出来，并追踪了一些被
试，在长达数年的时间里要求他们多次复述。这个实验

最重要的发现是，被试记忆中的故事情节会随着时间的推移而不断发生变化，这种变化会反映被试自己的文化经验，最终，一些被试记忆中的故事背景变成了爱德华时代的英国。Bartlett 的被试们创造了自己的记忆，资源来自（1）实验中的故事和（2）其本国文化的情节相似的故事。Bartlett 据此断定记忆是"一种整合式的重构或建构"。[27]

一些更新近的实验也证实了记忆的建构观，显示记忆能被人们对特定情况的了解或其后发生的事件所扭曲。比如有研究者要求被试坐在一间办公室里等待实验开始，而后又将他们换到另一个房间里，并要求他们对刚才的办公室做一番描述，结果有 30% 的被试声称自己看见办公室里摆了书，尽管那儿其实连一本书都没有。[28] 类似这样的发现可以用图式来解释。所谓图式，就是人们所拥有的关于特定对象（比如环境）的知识。对许多人来说，书是"办公室图式"的一部分，因此他们能"记得"自己在办公室里看见了书。

根据这些例子，我们可以将预测视为一套推理机制。去过办公室的人之所以"记得"那里有书，是因为他们会预测自己在一间办公室里可能看见些什么，并根据这种预期创造自己对那间办公室的记忆。同时，不论记忆是怎

138

样产生的，它都和在石头上刻字不一样——预测不仅能在记忆形成时塑造它们，还能在记忆形成后编辑它们。

记忆的编辑

后续经验可以改变先前形成的记忆。想象这种情况：你从机场出发去探望一位朋友，却意外地发现推荐路段正经历施工改造，而这也永久性地改变了你的行车路线。

从预测的角度来看，这意味着什么？根据记忆，你预测自己要在第一大街向左转，但行驶到第一大街时，你发现第一大街封路了，于是只能另寻他途。这时，你的预测出错了。回顾我们在第 4 章讨论过的预测误差，这些误差提供的信息可用于更新记忆，这样，下一次你再从机场出发去探望那位朋友，就能使用新的记忆来规划路线了。

预测误差可用于更新记忆的理论是有依据的。在一个实验中，被试会看到依序列呈现的三张图片 A、B 和 C，内容是人的面孔或自然风景，这会让被试预期 C 将在 A 与 B 后呈现。若此时测试其记忆，被试会自信地描述对图片 A、B 和 C 的记忆。但若在实验中操纵图片的呈现方式，让被试偶尔在图片 A 和 B 呈现后看到一张新图片 D，就将干扰他们对图片 C 的预测，使其产生"基于情境的预测误差"[29]。若此时测试被试的记忆，他们对回忆图片C 的内容就没有那么强的信心了。

这个实验表明，当预测与现实发生冲突，我们据以预测的记忆痕迹就可能消退。如果被试不再预测图片 C，他们对图片 C 的记忆也会弱化。从适应的角度来看，这是说得通的：因为如果心智判定情况有变，即 C 往后都不太可能出现，则消除对 C 的记忆就有利于为形成新记忆腾出空间。[30]

139

模拟未来

> 有机体能记住过往，因此能预测未来。
>
> ——Daniel Gilbert 和 Timothy Wilson[31]

Stanley Schacter 和 Rose Addis 通过实验揭示了记忆与预测的另一点关联。他们要求被试想象未来的事件，比如向被试呈现一幅图片，图片描绘的是一个派对，或有人在办公室办公，然后要求被试根据图片描绘的场景想象未来几年将要发生的事件。他们发现被试并未在严格意义上预测未来，而是在模拟可能发生的事件。[32]

你可能会想，模拟未来和记忆有什么关系呢？答案是它们密切相关。Addis 用 fRMI 研究被试安静地回忆往事，或想象可能的未来时大脑的活动模式，发现这两种任务激活了一些相同的区域，意味着回忆过去和想象未来可能涉及类似的神经机制。[33]根据这些研究，Schacter 和 Addis 提出了"构造性情景模拟假说"（constructive episodic simulation hypothesis），指出情景记忆（也就是关于某人过往经历的记忆）会被提取出来并重新组合，以构造对未来事件的模拟。

140 　　一些脑损患者为这个假说提供了依据：脑损剥夺了他们回忆过往事件的能力，与此同时他们也很难想象未来。不过他们无法设想的通常仅限于那些与他们个人相关的未来事件，对其他未来事件——如政策将如何变化——的想象则未受波及。[34]

　　回忆往事与想象未来之间的关联让一些研究者提出，或许情景记忆的主要功能不是记住那些已然发生过的事，而是让人们模拟未来可能的场景，预测自己的需要，指导未来的行动。毕竟未来虽"未"到"来"，但距离也不远了！届时，我们需要对可能遭遇的状况做出有效的应对。因此源自过往经验的信息就可被用作预测性的工具，帮助我们决定追求些什么、避免些什么，这与我们能否有效应对环境，甚至与我们能否生存下去都密切相关。[35]如果记

忆的作用真是让我们"使用源自过往经验的信息，构建
未来可能的场景"，它就是一种预测性的工具了。

社会性预测

各种形式的预测在社会认知中发挥着基础与核心
作用。

——Elliot Brown 和 Martin Brüne[36]

社会生活涉及人类最为复杂、最为重要的行为：与他　　141
人互动。可以想象，假如你能准确预测他人将要做些什
么，以及为什么要这样做，就将在社会生活中获得巨大优
势。比如下面这个场景：

———————

Jim 走进会议室，向在座的每一个人点了点头，看了
眼手表，在两个空位中的一个落座，向身旁的人小声
说了些什么。

这是在十什么？Jim 为什么要对每一个人点头？他为
什么要看表？他迟到了吗？还是说有人没来，他想知道他
们到哪儿了？他是紧张吗，因为马上要做一个报告？如果

你了解 Jim 其人，或了解当前事件的背景，或许就能回答一些这样的问题，但你的回答大概都是猜测，只不过它们属于"最优猜测"——如果确有依据的话。

基本上，社会生活的参与者希望能理解他人做出特定行动的原因，推测他人心中所想。但在社会生活中，人们观察他人或与他人互动的过程充满了模棱两可与不确定性。[37]要想理解当 Jim 进入会议室的时候都发生了什么，以及诸如此类的日常社会情境，需要借助社会认知研究，也就是研究人们搜集、存储、使用关于他人和社会情境的信息的具体机制。预测是社会认知的核心宗旨，用于研究社会预测的方法多种多样。[38]我们将从介绍"心理理论"（theory of mind）开始，这个重要的概念已被广泛用于解释社会预测。

心理理论（心理化）

我们可以通过对 Jim 走进会议室后的心理活动做出自己的推测，从而形成一套（关于 Jim 的）心理理论。David Premack 于 Greg Woodruff 于 1978 年首次描述了"心理理论"的概念，提出"若个人将某种心理状态归于自己或他人，他就拥有了一套心理理论"[39]。他们的解释是，我们无法直接观察到他人的内心（见第 1 章），因此需要推测他们可能的心理状态，或为此创建一套理论。

围绕心理理论的早期研究多以儿童为对象，关注（1）"儿童有无心理理论？"或（2）"儿童何时获得心理理论？"这类问题。在一个典型的实验中，Simon Baron-Cohen 和同事们招募了一批 3 ~ 6 岁的儿童，让他们完成"Sally-Anne 任务"。他们先向小被试们展示两个玩偶，一个叫 Sally，另一个叫 Anne。[40] 而后，孩子们会看到这样一出"玩偶秀"：（1）Sally 在 Anne 眼前将一颗玻璃球放到篮子里；（2）Sally 离开了房间；（3）Sally 离开后，Anne 将玻璃球从篮子里拿出来，放进一只盒子；（4）Sally 回到房间。此时，研究者会问："Sally 会在哪里找玻璃球？"孩子们的回答通常与年龄相关。三四岁的孩子们大都认为 Sally 会在盒子里找玻璃球；而五六岁的孩子们则认为 Sally 会从篮子里找。研究者们相信五六岁的孩子们关于 Sally 的"心理活动"拥有一套更为准确的"理论"，因为孩子们意识到，既然 Sally 在 Anne 挪动玻璃球时并不在场，她自然就不会知道玻璃球已不在原处了。

类似"Sally-Anne 任务"的实验任务被称为"错误信念任务"，因为如果被试对他人（或代表他人的玩偶）都知道些什么持有错误的信念，就会给出错误的回答。针对成年人心理理论的研究常用另一个术语——"心理化"

（mentalizing）——取代"心理理论"，或将这两个术语随意混用，尽管也有研究者指出二者间存在微妙的区别。[41]

心理化是社会生活中常见的心理过程，研究心理化的策略之一是让被试分别阅读涉及心理化过程以及不涉及心理化过程的故事，比较大脑对这两种故事的反应。比如有两个情景：（1）一块石头正滚下山坡，以及（2）一个人正跑下山坡。若看见前者，你不会觉得"这块石头想要下山"，但若看见后者，你却可能会就他下山的理由做出预测。如果山下刚好有个公交车站，一个合理的推测就是这人正下山去赶公交车。如果公交车进站时他加快了脚步，这个预测就会被强化。

在一个早期实验中，Rebecca Saxe 和 Nancy Kanwisher 要求被试阅读两种故事：心理化故事（也就是包括其他人物的故事）和机械推理故事（只涉及机器设备）。同时，她们对被试的脑部活动进行了扫描，以下就是这两个故事的文本：[42]

心理化故事：一个男孩在准备艺术课需要用到的手工制品，他花了几个钟头将报纸撕成均匀的纸条，然后出发去买面粉。妈妈回到家，将所有的纸条全扔了。

机械推理故事：炉子开着小火，上面架着一壶水，这样不论谁想喝茶，都有热水可用。水壶在炉子上架了一整夜，没人用它来泡茶，但一大早壶里的水却干了。

在心理化故事中，妈妈持有错误信念：她没意识到纸条是用来完成手工制品的。而机械推理故事只涉及推理：经过整整一个晚上，水被烧干了。

Saxe 和 Kanwisher 特别关注被试颞顶联合区（temporal parietal junction，TPJ）的活动，这是一个跨越颞叶与顶叶的区域，过往研究表明它与社会认知有关。图 5 − 6 展示了 TPJ 和前额叶皮质（prefrontal cortex，PFC）的位置，后者同样参与了社会认知活动。[43] 在阅读两种故事的条件下，TPJ 的活动模式产生了明显的区别：对心理化故事的反应在强度上逾三倍于对机械推理故事的反应。

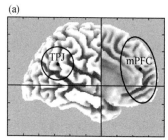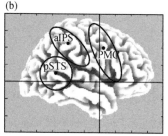

图 5 −6

（a）"心理化网络"中某些结构的位置，TPJ 代表颞顶联合区；PFC 代表前额叶皮质 （b）"镜像神经元网络"中某些结构的位置，STS 代表颞上沟（superior temporal sulcus）；IPS 代表顶内沟（intraparietal sulcus）；PMC 代表前运动皮质（premotor cortex）。大脑的其他区域也有镜像神经元分布（与本书中其他大脑图像不同，本图中前额叶是向右的）

在另外两种条件下（向被试呈现身体或物体的照片），TPJ 的反应强度都很低，表明并非只要刺激中出现了他人，就会产生心理化反应：任务必须涉及对他人所思所想的推理。一些其他的研究也证实了 TPJ 对心理理论与社会认知的重要性，并发现许多其他的区域（包括前额叶皮质）也与心理化有关，这些区域共同构成了"心理化网络"。[44]研究者们还发现，心理化网络的大小与个人社交圈子的大小呈正相关。[45]

虽然一些研究者认为心理化网络就是大脑中负责社会预测的主要系统，但也有人相信另一个网络也牵涉其中，那就是"镜像神经元网络"。

从行动推测意图

针对心理化网络的研究，如 Saxe 和 Kanwisher 的实验主要致力于测量人们对不同情况做出的反应，另一些研究则主要关注人们如何基于对行动的观察推测他人的思想与意向。Fritz Heider 和 Marianne Simmel 的一项经典研究就表明，观察行动有助于了解行动主体的特质。他们在实验中让被试看一些动画短片，短片描绘的是三个主要角色——小圆、小三角和大三角——的活动（图 5 – 7）。[46]这些角色在一个小盒子内部或周围移来移去，彼此间有时会有互动。观看短片时，人们会将这些角色的活动描述为某种情节，而不仅是几何对象的运动模式，像"小三角和小圆是幸福的一对儿，只想在盒子里安静地过日子，但大三角很讨厌，总去骚扰它们。还好小三角很聪明，它关上了盒子的门，留下大三角在外头大发脾气"。

146

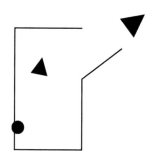

图 5-7

Heider 和 Simmel 使用的动画短片的截图。短片中的三个角色——大三角、小三角和小圆——会四处移动，彼此间时不时会有互动

这个实验看似平平无奇，但它揭示了一个惊人的事实：人们可以使用"意向"和"情绪"等概念为几何对象的运动归因。五十多年后，一些实验表明，观看与 Heider 和 Simmel 所使用的短片类似的材料（含几何对象的互动）会激活大脑中与社会认知有关的区域。[47]

当然，我们主要关心的不是人们赋予小三角或小方块

147

的意向与感受，而是人们对他人意向的推测。举个例子，你看到一个人边挥动手臂边过马路，该怎么判断他是在拦出租车，还是在赶苍蝇？答案是，不同的意向产生的动作总有一些微妙的差异。Atesh Koul 和同事们就做了一个实验，他们让被试看一系列短片，内容是一只手伸向一只瓶子，不过行动者的意图分别是（1）从瓶中喝水，以及（2）将瓶中的水倒掉。[48] Koul 等人发现，即便短片只进行到手抓住了瓶子，被试依然能看出行动者的目的，因为他们注意到了不同条件下手部运动学细节的微妙差异，具体表现为手部移动的速度、轨迹，以及具体如何抓取。

除移动和抓取的运动学细节外，日常生活经验也能提供不少关于行动意义的信息，包括行动发生的情境。以 Mario Iacoboni 和同事们的研究为例，他们让被试观看两部短片，内容分别是（1）一只手在够取一只杯子，杯中装满了热茶，周围整齐地摆放着食物和一系列常见的餐具，就像开餐前桌上惯常的布置；（2）一只手在够取一只杯子，杯子是空的，周围杯盘狼藉，俨然一顿大餐刚刚结束。他们询问被试："这人为什么要拿杯子？"观看第一部短片的被试通常回答说"为了喝水"；观看第二部短片的被试则大都回答说"为了清理"。在这个例子中，情境为行动的原因提供了线索。[49]

运动学细节和情境线索有助于我们推断行动背后的意图，这并不让人惊讶。但这些实验最为重要的发现在于，不同的短片会激发不同的神经生理反应。研究者对神经生理反应的关注可以追溯到 1991 年，意大利帕尔马大学的一个团队测量了猴子在采取各种行动时运动区神经元的反应模式。[50]他们定位了一个神经元，它会在猴子伸手抓取桌上的食物时被激活。这个发现是很有趣，但他们之后的发现可就不仅仅是有趣了。

148

一次实验后，工作人员在清理时捡起了桌上剩下的食物。此时，猴子脑中的那个神经元又被激活了。研究者很快注意到了这个不同寻常的现象，开展了后续研究，他们发现一系列皮质神经元在猴子自己采取行动和看着人类做出同样的举动时都会被激活。这些神经元被称为"镜像神经元"。在最初的研究后，人们又做了大量实验，确定了猴子大脑中镜像神经元的位置以及人脑中有相应镜像特征的区域（图 5–6b）。

有观点认为镜像神经元的功能之一是帮助我们理解他人的感受。当有什么东西触碰到我们的手臂，皮下感受器会向大脑传递信号，激活位于体感皮质的神经元。但在我们看到他人被触碰，或目睹他人感受到疼痛，体感皮质也会被激活。[51]这种"感同身受"的现象就与镜像神经元的活动有关，让一些研究者相信这些神经元提供了一套理解他人感受的机制，因此可能对我们预测他人的行动发挥了某种作用。

回顾 Koul 等人的视觉运动学实验，他们对正在观看短片的被试做了脑部扫描，发现在观看意图不同的动作时，被试镜像神经元系统某些区域的激活模式产生了差异。[52]同样在 Iacoboni 等人的实验中，相较于观看"为了清理"的短片，镜像神经元系统对"为了喝水"的动作的反应明显更强。[53]在 Iacoboni 看来，这证明镜像神经元对不同的意图有不同的反应，也就是说它们编码了这些行动的诱因。根据这种见解，镜像神经元其实是在对接下来要发生的事情做出预测。[54]

测量心理化反应与记录镜像神经元网络的活动是神经科学家研究社会认知的两大方法，但对这两种方法的接受度不尽相同：人们大都认同心理化系统对理解他人意图的重要性，但镜像神经元的作用就有争议了。许多研究者都相信镜像神经元是理解他人行动与感受的媒介，但也有人质疑这些神经元是否真的参与了我们对行动背后的意图的理解。[55]

这种质疑的一个理由是镜像神经元在当事人观察到特定行动后很快就会做出反应，很难想象在这么短的时间内我们就能充分理解这些行动。[56]心理化的双重过程理论可用于回应这种质疑，其主张镜像神经元系统负责快速识别行动，心理化系统则随后用更长的时间考虑行动的社会性成分，以确定行动背后的信念和意图。[57]关于镜像神经元在理解社会行为中扮演了何种角色，争论仍在继续，但毫无疑问，大脑的大块区域参与了帮助人们预测他人信念和目标的活动。

预测的多面性

表 5 – 1 总结了如何基于预测机制描述一系列功能，有力地证明了预测是心智的核心机制。但要充分理解预测的本质，我们需要意识到尽管预测可视为心智运行的首要原则，它却并非在所有功能上都以同种机制实现。对不同功能的研究表明：预测在不同的时间尺度、以不同的具体机制、在不同的觉知水平下进行。

151

表 5 – 1　预测的多面性

	现象	机制
知觉	视知觉	（Helmholtz 式）无意识推理由过往经验决定的似然原则引导
运动反应	眼动（指向性）	由内化了环境统计特征的过往经验引导

（续）

	现象	机制
运动反应	眼动（造成"像移"）	"伴随放电"预测了运动，避免了"像移"
	够取物品	"how通路"主导，"what通路"辅助
	胳肢自己	因"伴随放电"的影响而很难实现
语言	语音分割	基于对语言统计结构和语境的经验
	预测后续字词	完形概率测试：在特定句子中一些词更有可能出现；大脑对高概率事件的预期
	花园小径句	受词意、语境和过往经验影响的错误句法分析
音乐	节奏预测	"跟上节奏"切分节奏产生了低预测性
	音符预测	音乐中的完形概率对"差异和弦"的反应
记忆	记忆的形成	Bartlett 实验，记忆会随时间推移而改变，记忆是一种建构
	预测性的编辑	当预测落空，记忆会消退
	模拟未来	情景记忆的作用
社会认知	心理理论（心理化）	理解他人行为背后的动机及其所思所想
	镜像作用	镜像神经元有助于理解他人的动机与感受

预测可以在多个时间尺度上进行，从毫秒（比如知觉）到秒（比如够取物品或理解句子），到分钟或更长（比如交流或解读他人的社会行为）。

针对社会行为，Jorie Koster-Hale 和 Rebecca Saxe 指出，人们可以在不同时间尺度上预测社会环境，从毫秒（那位女士过马路时会朝哪儿看?）到分钟（那位女士出门前会在哪儿找房门钥匙?），再到日、周、月乃至年（要是我娶了那位女士，能过得幸福吗?）。[58]

既然预测有不同的时间尺度，它在不同时间尺度上对应的机制不同也是理所当然的了。比如在感知运动过程中，和运动信号有关的伴随放电介导了我们在眼动时的知觉（也影响了我们胳肢自己时的感受），但我们理解语句、欣赏音乐、畅想未来和解读社会线索的活动则涉及更"高阶"的认知过程。

最后，要意识到不同机制对应的不同觉知水平构成了一个连续体：伴随放电是自动的、无意识的，阅读时对下一个字词或下一句话的预测通常也是，但其他过程，像预测未来将要发生的事件，或揣测他人的所思所想，则更有可能在阈上进行。

综上所述，预测的功能多样性表明它是心智运行的首要原则，可由不同的机制实现，这一切都是为了保证我们能在自身所处的环境中更好地生存下来。

超越简单预测

第 4 章预设人们会致力于降低预测误差，隐含的推论是：预测是件好事，误差则是应该尽力避免或消除的。但如果将这个观点应用于音乐欣赏，就只能得出这样的结论：音乐之美在于我们有能力预测一首曲子的旋律，因此不断重复的旋律是最美妙动听的。

但在讨论"切分节奏"时，我们看到了预测的另一种作用：它创造了一种"套路"，而人们并不总会依葫芦画瓢——不按套路行事可能令人愉悦，就像有时切分节奏会让听者随之起舞。意料之外的事物在令人惊讶的同时，也会带来新奇感，而有学者认为新奇感属于人类的基本需要。[59]因此除了说"大脑是一台预测机器"外，我们还可以加一句："新奇感是生活的佐料"。

许多作家和艺术家都喜欢不按套路出牌。悬疑小说的情节会一边引导读者深入"花园小径"，一边让他们琢磨"谁干的呢?"（创造有待解决的问题）；建筑师有时会设

计出仅从某个角度看去无法"一目了然"的作品，悉尼
歌剧院就是一个典型的例子（图 5 – 8）。

153

图　5 – 8
不同视角的悉尼歌剧院。这四张图片是在以顺时针方向围绕歌剧院行
驶的游船上拍摄的，要想全面了解歌剧院的建筑结构，就需要从各个
角度去看它（经 Bruce Goldstein 许可引用）

　　作曲家经常故意往乐句中插入出乎意料的音符或和
弦，营造出富含趣味的意外感。[60]莫扎特就精于此道。比
如《第三十一交响曲》开始时的一个乐句中就有一个始
于 D、止于 D 的上升音阶。这种模式对熟悉西方音乐的听
众而言是意料之中的，因此即便最后一个 D 尚未演奏出
来，他们也已经预期到了。但随着曲子的继续，出现了一
件不同寻常的事：又是一个上升音阶，第一个音符是 A，
但在当听众预期该上升音阶又将以 A 结尾时，他们会听

154　到一个降 B！这种对"主音回归"的违背立刻就会产生效果：它并不是一个失误，而是莫扎特在对他的听众们说："听好，有意思的要来了！"

　　我们在探讨预测时必须牢记：预测是件好事，能让我们在与环境的适应性交互中不至于脱离正轨，这没错。但有时感到惊讶、体验新奇、让意想不到之事激发我们的兴趣也是件好事。因此大脑以其全部智慧做出各式预测以指导我们的生活，同时又有灵活的底线，让我们能对一些意外事件感到新奇，因此获得别样的乐趣。

第 6 章　心智的动力学概览

The
Mind

　　大脑如何产生心智，以此经验万事万物？第 2 章讲到，人们将意识经验的创造称为"意识的困难问题"。在许多学者看来，这个问题是无解的。因此他们退而求其次，专注于"意识的简单问题"，也就是确定意识的神经关联物——具体来说，就是寻找神经反应与意识经验的联系。

　　对意识神经关联物的探索，以布洛卡区和威尔尼克区的发现为代表性事件。这两个语言区是 19 世纪 Broca 和 Wernicke 基于对脑损病人的研究确定的。到了 20 世纪，科学家手上有了更先进的技术工具，能记录单个神经元的活动，并使用诸如 fMRI 之类的脑成像工具描绘大脑的激活模式，由此为大脑的功能定位积累了海量证据。人们发现不同的脑区会对不同类型的刺激做出反应，特定刺激也可能激活分布在全脑各处的多个区域（分布式加工）。

功能定位和分布式加工关注信息在何处得到处理，但要理解大脑，除了确定"何处"，我们还需要研究"如何"。前两章主要是围绕"如何"的，探讨了感受器"上传"的神经信号如何与大脑"下达"的神经信号交互，产生有用的信息，让我们据此做出预测。

在这最后一章，我们将继续关注"如何"，探讨大脑活动的动力学（体现为神经信号如何在大脑各区域间传递）。通过将神经元互联而成的网络比作复杂的交通路网，我们能生动地描绘神经信号在大脑中的传递方式。神经网络的运行是当下的热门研究领域，有望揭示心智与大脑的关系，但它的历史其实非常悠久。我们从 1942 年谈起，那年 Charles Sherrington 爵士做了一个传神的类比：大脑就像一台"神奇织布机"。[1]

———

大脑苏醒，心智回归，仿佛银河系跳起宇宙之舞：霎时间，头脑成了一台神奇织布机，无数闪光的飞梭编织出的变幻的图案——虽富有深意，却很快消退，而构成这些图案的子模式在变幻中又保持着某种协调。

这段话摘自 Sherrington 的作品《人的天性》（*Man on*

His Nature），该书出版于 1942 年，也就是 Sherrington（与 Edgar Adrian，见第 2 章）因神经元信号传递机制方面的开创性研究而获颁诺贝尔生理学或医学奖的十年之后。"大脑苏醒，心智回归"描绘了大脑从睡梦中苏醒时的情况，但这句话其实是有问题的：它预设心智在人们睡着后就会"下线"。但我们可以原谅 Sherrington 的这个错误，因为紧接着，他就用诗一般的语言描绘了心智是怎样运行的——"神奇织布机"的类比更是令人印象深刻。许多学者都曾引用这个类比，像 Robert Jastrow 的作品《神奇织布机：宇宙中的心智》（*The Enchanted Loom：Mind in the Universe*）（1981）和 Pietro Corsi 的著作《神奇织布机：神经科学的历史》（*The Enchanted Loom：Chapters in the History of Neuroscience*）（1998）[2]。同时，像"宇宙之舞""闪光的飞梭""变换中保持协调的子模式"等意象又显然表明在 Sherrington 眼中，这台"神奇织布机"是动态的、不断变化的。

几十年来，神经科学研究证实了 Sherrington 的见解：大脑的确是动态的，神经活动分布在整个大脑中。既然我们已经探讨了大脑如何控制眼动，指导我们够取物品、理解语言、欣赏音乐和与他人互动，你应该能在一定程度上体会它的动态性，而这首先取决于大脑作为通信系统的内部结构。

作为通信系统的大脑

> 网络地图是理解大脑结构组织及动态组织的
> 基础。
>
> ——Olaf Sporns[3]

大脑的"网络地图"是什么意思？Olaf Sporns 提到了大脑的结构组织和动态组织，我们先谈结构组织：描绘大脑结构组织的网络地图被称为"连接组"（connectome）。[4]

连接组

"连接组"是"对构成人脑的元素和连接网络的结构化描述"[5]，通俗地说，也就是"大脑中神经元与突触的详细'线路图'"[6]。一直以来，为连接组绘制"地图"都是神经科学研究的一大核心任务，2010 年，美国国立卫生研究院用于资助"人类连接组项目"（Human Connectome Project）的拨款就高达 4000 万美元。[7]

绘制连接组是一项十分艰巨的任务。大脑中的神经元数以亿计，且每个神经元都与其他成百上千个神经元相连。确定大脑中神经"线路图"的一种方法——"轨迹

加权成像"（track – weighted imaging）——是检测体液如
何沿神经纤维扩散（图 6 – 1）[8]。连接组的线路图被称为
"结构连接"，但要理解电信号沿神经网络的传播方式，
还需要引入"功能连接"的概念。

159

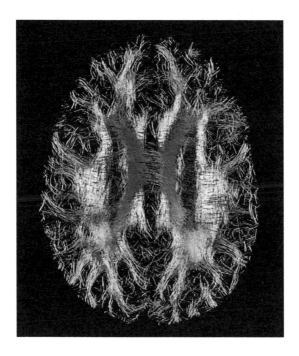

图　6 – 1
连接组。借助轨迹加权成像确定的人脑中的神经线路。
原文中的彩图可更清晰地区分各大神经网络

功能连接与功能网络

想象一座大城市的交通网络：一组道路连接住宅区与购物区，另一组道路连接住宅区与商务区。任何一座城市的路网都像这样，不同的道路通向不同的目的地，同理，大脑中神经网络的各个部分也分别承担着不同的认知或运动功能。

第 2 章"功能定位"部分开头处的引文提到了"模块"这个术语，指的是专门承担特定功能的区域。一些研究者更喜欢称它们为"功能网络"，因为同一模块内部的各个位置呈网状相互连接。不论我们怎样称呼这些区域，其内部各个位置间的功能连接都是关键所在。要理解功能连接意味着什么，我们不妨先看看大脑中的连接该如何测量。

测量功能连接的一种方法叫"静息态法"，即使用 fMRI 设备测量大脑的静息态活动，也就是大脑未实施认知或行动任务时的神经活动。研究人员会先确定一个参考位置（见图 6 - 2）[9]，再比对参考位置与其他位置的活动模式。我们可以从图中看到有些位置——包括右半球运动区与体感区——的活动模式与参考位置

高度相关（体现为波形图上方的数字，数字越大表明
该位置与参考位置神经活动模式的重合度越高）。因此
左半球运动区、右半球运动区与体感区之间存在功能
连接，这些位置间功能连接的强度体现为神经活动模
式相关性的大小。

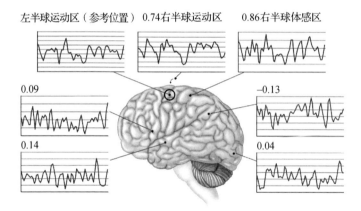

图 6 - 2

用"静息态法"确定功能连接。使用 fMRI 测量参考位置，即左半球运
动区的静息态活动，并与其他六个位置的静息态活动模式对比。右半
球运动区位于大脑另一侧。波形图上方的数字反映了相应位置与参考
位置神经活动模式的相关性。右半球运动区和体感区的静息态活动都
与参考位置的静息态活动高度相关（相关度分别为 0.74 和 0.86），意
味着这两个位置与参考位置间功能连接强度较高。这三个位置是"躯
体运动网络"的构成成分，其他位置与参考位置的神经活动模式相关
性很低，因此不属于这个网络

图 6 – 3 展示了大脑中的六个功能网络，表 6 – 1 呈现了相应模块的功能。[10] 确定不同功能网络对应的区域是理解大脑作为通信系统如何运行的第一步，但要深入理解大脑在认知过程中是怎样工作的，不仅要识别出不同的功能网络，还需要研究信息怎样在这些网络间流动。

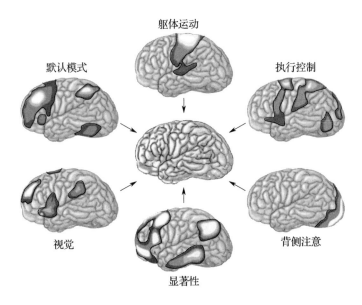

图　6 – 3

用"静息态法"确定的六大功能网络。大脑执行相应任务时，前五个网络对应的区域神经活动的强度提高；在其他情况下这些区域的神经活动强度降低。默认模式网络则相反：大脑执行相应任务时，对应区域神经活动强度减弱；大脑放松时，这些区域的神经活动强度提高。各网络的具体功能见表 6 – 1

当然，大脑中的模块不止这六个：听觉、记忆和语言都有对应的功能网络。

网络内与网络间的信息流

要理解"信息流"是什么意思，让我们回到大脑结构地图与大城市交通网络的类比。想象你乘上直升机，在城市上空盘旋，观察交通网络中车流的模式。你会发现一天里的不同时段交通网络的功能不同：早高峰时，它的功能是通勤，从市郊到商务区的主干道上车流量很大；晚高峰也一样，只不过车流方向与早高峰时相反。再晚些时候，市郊道路的车流量才会开始增加。一整天里，购物区附近的车流量总会维持一个较高的水平。而在一些特殊事件，比如足球比赛前后，体育场附近的车流量又会反常规地暴涨。[11]

162

表 6-1　用"静息态法"确定的六大功能网络

网络	功能
视觉	视知觉
躯体运动	运动与触碰
背侧注意	关注视觉刺激和空间位置
执行控制	执行高层认知任务，并在执行任务时引导注意的指向
显著性	关注与行为相关的事件
默认模式	心智游移，以及关于个人生活故事、社会功能、畅想与创造的认知活动

这个例子告诉我们：车流模式取决于交通网络当前的功能。同理，功能网络内部及不同功能网络间神经活动的模式也取决于网络正予以实现的功能。比如你正看着桌上的一杯咖啡，这会激活视觉网络，让你知觉到杯子的一系列特征；同时，若你将注意资源投放到杯子上，背侧注意网络也会被激活；而后，假如你伸出手去端起杯子来喝了一口，则意味着你的躯体运动网络投入了工作。在这个过程中，执行控制网络始终保持活跃，对注意、够取等活动实施监控和协调。可见即便是日常生活最简单的认知任务也涉及单个网络内部的活动，以及一系列网络间快速流畅的信息交换与共享。[12]本章剩余部分就将讨论一系列研究，它们确定了功能网络与认知间的关联。

功能网络的表示

确定功能网络后，我们该怎么表示这些网络，才能呈现出比图6-3中的阴影部分更加丰富的细节？功能网络的表示有许多种方法[13]，图论就是其中之一：它能将功能网络表示为节点与节点间的连线，以实现可视化（图6-4a）。节点表示功能处理单元，如神经元、神经元集群或脑区。连线则表示节点间的相互作用。

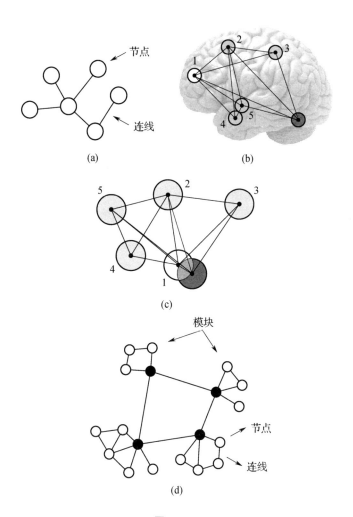

图　6－4

（a）一个简单网络的图论表示，由节点和连线构成　（b）大脑解剖学空
间中的区域间功能连接，各节点的位置关系对应各区域在大脑中真实的
位置关系，连接的强度用连线的粗细表示　（c）功能空间中的功能连接，
连接的强度用节点间的距离表示：距离越近，连接强度越高　（d）含四
个模块的功能网络，其中每个模块都有相应的功能

图 6 – 4b 和图 6 – 4c 也是基于图论的表示[14]，呈现了不同模块（功能网络）间的连接。图 6 – 4b 的网络是在大脑的解剖学空间中绘制的，每个节点都对应大脑中一个真实的位置，分别代表相应的模块。在这个例子里，每个节点都代表一大块区域，比如视觉区或额前区。区域间连接的强度用连线的粗细来表示，图中的粗线表明视觉区（深色圈）和额前区（浅色圈）之间连接强度较高。图 6 – 4c的网络则是在大脑的功能空间中绘制的，节点的位置取决于它们相互间的关联：关联越强，节点间距离越近，因此视觉区与额前区在图中几乎要叠在一起。

图论不仅能用于表示模块间的连接，还能呈现模块内部的连接。比如图 6 – 4d 中的网络就既表示了四个模块间的连接，也描绘了每个模块的内部结构。

有了功能网络图论表示的基本知识，我们就能开始讨论认知的动力学了，也就是网络在不同条件下如何变化。

认知的动力学

功能网络的一个重要特点是会在不同条件下发生变化。在本章剩余部分我们将看到许多这样的例子。先来看内侧颞叶（medial temporal lobe，MTL），该区域与记忆存储相关（图 2 - 1）。

连接的变化

交通路网的车流状况在一天中的各个时段会发生变化，同样，MTL 的神经活动模式在清晨和夜间也不一样。清晨，MTL 的神经活动大都在该结构内部进行，但在夜间，神经连接会将 MTL 中的信号传递至其他脑区。[15] 为什么会这样？有观点认为不同脑区间的连接在人们日间积累经验时会增强，入夜后又会慢慢弱化，以实现记忆的巩固。经过一整夜，不同脑区间的连接强度已大幅下降，以至于 MTL 的活动基本限定在其自身内部进行，直到清晨，同一个循环又再度展开。可见即使在短短的 24 小时内，大脑中的连接也不是静态的。

人们用许多实验证明了功能连接的可变性。一项研究在 500 多天的周期里，对同一位被试的脑部实施了 100 次扫描[16]，图 6 - 5 就是其中两次扫描观察到的功能连接的对比，分别是星期二（控制饮食，不喝咖啡）和星期四（正常进食，饮用咖啡）。

图中最明显的变化有两项：其一，在控制饮食的条件下，视觉模块和躯体运动模块间的关联比较紧密，但在正

166

常进食的情况下它们变得"疏远"了。其二，在控制饮食的条件下，躯体运动模块内部节点的聚类倾向相当明显，但在正常进食的情况下它们间的交流减少了。

虽说这种变化意味着什么仍不清楚，但就我们的目的而言，重要的是的确发生了变化，而且不是什么微不足道的变化。与饮食情况有关的生理变化改变了模块间的连接方式，从而影响了大脑中的"车流状况"。

(a) 星期二（控制饮食，不喝咖啡）　(b) 星期四（正常进食，饮用咖啡）

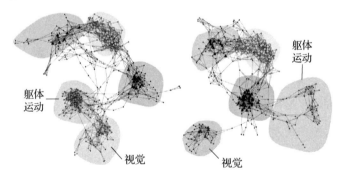

图　6-5

饮食情况对功能连接具体结构的影响：(a) 星期二（控制饮食，不喝咖啡）测量的网络　(b) 星期四（正常进食，饮用咖啡）测量的网络。视觉模块和躯体运动模块间连接方式的变化见正文

网络间的相互作用

我们已经看到，受记忆加工和生理变化的影响，大脑

中的"车流状况"在一天中的各个时段乃至更长的周期里都会发生变化。但若考察持续的行为，我们就要面对更快、时间尺度更小的变化了——这些变化可能在几分钟乃至几秒之内就会发生。比如我们伸手去端一杯咖啡，或你在开车时发现前方路口信号灯由绿变红（视觉区）于是踩下刹车（运动区）。既然这些行动都涉及不同脑区间的关联，它们是否伴随连接模式的改变？为回答这个问题，我们需要关注两类持续行为：创造性思维和社会互动。现在回顾一下图 6-3 中的网络，其中一个非常有趣。

168

默认模式网络与心智游移

图 6-3 中的前五个网络有一个共同点：大脑执行相应任务时，它们的活动强度会提高（见图 6-3 和表 6-1）。但默认模式网络——得名于 Marcus Raichle 等人 2001 年发表的论文《大脑功能的默认模式》（A Default Mode of Brain Function）——的活动模式刚好相反[17]：大脑执行相应任务时，默认模式网络（简称"默认网络"）的活动强度降低，而大脑放松时，相应区域的活动反而会增强。

大脑"放松"是什么意思？要回答这个问题，我们可以先关注一种叫"心智游移"的现象，它通常就伴随着默认网络的激活。关于这种现象，研究者一开始没说过什么好话，Matthew Killingsworth 和 Daniel Gilbert 就曾发表过一篇论文，题为《游移的心智不快乐》（A Wandering Mind Is an Unhappy Mind）[18]。他们得出这个结论的方法是借助一个手机应用软件联系 5000 多名被试，询问他们正想些什么、做些什么以及感受如何。联络每一位被试的时间都是随机的。根据这项调查，人们在 47% 的时间里处于心智游移状态，而这种状态通常都伴随着负面情绪。

心智游移还会产生其他负面影响：有人称其为"任务无关的思维"，和"走神儿"一个意思——显然在我们从事一些需要专心致志的任务时，走神儿不是什么好事。还有人将这种现象与我们驾驶、阅读或注意任务中的波动关联起来。[19]这些见解让默认网络声名不佳——毕竟这个网络的激活意味着大脑"放松"了，不再专注了，因此默认网络也被称为"任务负网络"（task-negative network）。

但研究者们很快意识到，心智游移与默认网络也有另一面。Benjamin Baird 和同事们在实验中发现，有时人们面对一些难题，绞尽脑汁也无进展，但如果将问题放到一边，答案过会儿就会自己"冒出来"。他们据此推断心智游移与创造性有关。[20]一些著名的思想家，像 Albert Einstein、Henri Poincaré 和 Isaac Newton 都曾提及这种现象：尝试解决一些问题无果，停止思索后却能"灵机一动"。这种从任务中"抽身"而出，"暂停"一段时间后灵感自然涌现的现象被称为"酝酿"（incubation）。

Baird 首先设置了基线任务。他使用的是"替代用途任务"（alternate uses task，AUT），也称"非常用途任务"。被试有两分钟的时间思考一些常见物品的非常规用法——比如：砖头都有些什么非常用途？（可能包括：用作武器、镇纸、垫脚石，锚……诸如此类。）

AUT 基线任务后，是一段"酝酿期"，时长 20 分钟，在此期间被试要完成另一项任务，这项任务可能困难（会产生低水平的心智游移），也可能简单（会产生高水平的心智游移）。然后，被试要对他们在基线任务中思考过的同一批物品重复进行 AUT。比较前后两次 AUT 的表现，心智游移的影响非常明显：酝酿期任务比较简单（高水平心智游移）的被试在第二次 AUT 中的表现有大幅进步（得分较基线任务提高了 40%）；而酝酿期任务比较困难（低水平心智游移）的被试第二次 AUT 的表现与基线任务相比无显著差异。Baird 据此断定心智游移有助于创造性的酝酿。

170

除与创造性的关联外，人们还发现了心智游移的其他积极影响。比如人们经常围绕人际关系浮想联翩，有研究发现这种心智游移通常能产生积极的感受，提升当事人的幸福感。[21]此外，有证据表明心智游移有助于制订前瞻性计划，也就是所谓"自传式计划"（autobiographical planning）。[22]

与此同时，默认网络原本不佳的名声也逐渐恢复了，因为心智游移的许多积极影响都与大脑的默认模式有关。此外，人们还发现心智游移不仅与默认网络的活动，还与执行控制网络的活动有关，后者负责在执行任务的过程中引导注意的指向。[23]这些发现进而引出了一个有趣的问题：这两个网络看似背道而驰的激活模式（在人们执行任务时，默认网络不会被激活，执行控制网络则会）是如何共存的？针对创造性思维的研究为我们回答这个问题提供了线索。

创造性思维

大脑是一个高度复杂的系统，构成该系统的一系列神经网络在功能上相互关联，因此单个脑区间的交互作用对我们理解认知过程（如发散思维）的展开至关重要。

——Roger Beaty 等[24]

创造性思维是一个非常宽泛的概念，涉及用新的视角看待问题与状况，在文学、艺术、发明创造和问题解决等各个领域都有体现。[25]我们将聚焦于发散思维，这是一般意义上的创造性能力的核心构成成分，围绕它的研究揭示了关于心智运行模式的一些重要事实。

171

发散思维说到底就是调动创造性，为当前问题寻找尽可能多的解。前面提到的替代用途任务就是测量思维发散性的常用工具（回顾 Baird 等人对创造性与心智游移间关联关系的研究）。发散思维之所以对我们理解功能网络与心智间的关系如此重要，是因为默认网络和执行控制网络这两个激活模式看似背道而驰的模块都会参与执行创造性思维任务。Roger Beaty 就和同事们用一个实验探索了这种看似不太可能的配对关系。[26]

Beaty 首先确定了这两个网络间的功能连接如何因当事人创造力的高低而异。[27]根据被试在替代用途任务中的表现，Beaty 和同事们区分了高创造性组和低创造性组，并使用图 6 - 2 所示的方法分别测量了两组被试的功能连接。他们发现高创造性组被试的默认网络和执行控制网络间功能连接的强度较低创造性组被试明显更高。

上述关联性提示我们，创造性思维或许涉及这两个网络的协同。Beaty 指出，或许默认网络主要负责产生想法，执行控制网络则主要负责评估——剔除无甚价值的点子，突出那些更加新奇、更有创意的想法。[28]

这一见解得到了实验的验证：研究者让被试为图书设计封面，并在此过程中测量了他们大脑的激活模式，发现和替代用途任务中的情况一样，当被试们构思设计方案时，默认网络更加活跃，而在他们评估这些方案时，执行控制网络的激活水平更高。[29]

看上去这两个网络在我们执行同一任务时扮演了不同的角色，这种理解有助于解释默认网络对创造性的作用。但就我们的目的而言，更重要的或许是：该研究展示了网络间的相互作用——在从事创造性活动时，默认网络与执行控制网络会主动地相互沟通。二者通常不会同步激活，但若彼此协同得当，就能将任务完成得更好。[30]

Beaty 还对创造性思维进行过程中大脑活动的细节进行了研究。他使用被称为"时间性连接分析"（temporal connectivity analysis）的方法，逐秒考察替代用途任务中新物品出现后功能连接的变化情况。[31]图 6 - 6 描绘了默认网络的一个区域（以黑点标识）与默认网络外部一些区域（以白点标识）间的连接。在创造性思索的前两秒，默认网络与其他三个区域相连；从第 2 秒到第 6 秒，它与其他区域的连接开始显现；到了第 8 秒，与它相连的区域数量已显著减少。与默认网络相连的区域中比较重要的两个是显著性网络和执行控制网络，它们都与控制注意有关。可见思维活动伴随着网络连接模式的快速变化，这其中就包括默认网络与执行控制网络间的协同。

网络间协同的重要性在其他认知功能——特别是我们对与他人社会互动的思考方面也有体现。对社会关系的思考同样是动态的、主动的，也同样可能涉及网络间的大量沟通。

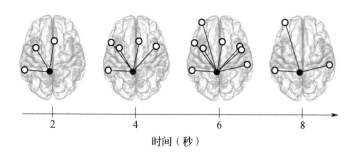

173

图 6-6

功能连接的动态变化。黑点与白点分属于默认网络和其他一系列模块，图片反映了在替代用途任务中向被试呈现新物品（如"砖头"）后 8 秒内模块间功能连接的快速变化

社会认知

根据第 5 章的讨论，对他人可能的心理状态我们无法直接观察，只能依靠推理。我们也已经知道心理化网络

（包括颞顶联合区和前额叶皮质）参与实施了这种推理。为了继续探讨社会认知，我们要在这里介绍 Ralf Schmälzle 和同事们的实验，他们对社会情境如何影响心理化网络的结构进行了研究。[32]

174

Schmälzle 等人设计了模拟社会排斥的实验环境：被试在抵达实验室后，会被告知实验任务是和另外两名"被试"一起玩一款叫"赛博球"的视频游戏。随后三人会分别进入一个小隔间，坐在计算机前，控制屏幕上的卡通人物，与其他两位"被试"控制另外两个卡通人物玩抛球接球（图 6-7）。[33]

图　6-7

被试对 Schmälzle 实验的第一人称视角。下方的手属于被试操纵的卡通人物。（a）一开始三个卡通人物接到球的次数都差不多　（b）随后其他两人将被试落在一边

游戏开始时一切正常：三个卡通人物在一段时间内接到球的次数都差不多。但突然之间另外两人开始只给对方送球，将被试落在一边。你现在应该能猜到个大概了：他

们是实验者假扮的，控制传球的也并不是他们，是事先设置的程序。而被试通常会因此感到特别失望，觉得自己"被孤立"了。[34]

Schmälzle 在被试们玩赛博球游戏时扫描了他们的大脑，测定了功能连接的强度变化，发现社会排斥会提高心理化网络内部的连接强度。对此，一种解释是心理化网络涉及对社会情境的理解和反应，被试遭遇"排斥"时做出的应对将导致其心理化网络内部连接强度的提高。但这个研究最有趣的发现是：连接强度提高的幅度取决于当事人的社会关系网络，也就是由他的朋友和熟人构成的网络的结构。

我们可以用图论来表示社会关系网络，就像表示大脑的功能网络一样。只不过此时节点代表个人，而不是表示神经元或结构；节点间的距离则代表相应的个人之间关系有多亲密。密集程度是社会关系网络的一个属性。一个人的社会关系网络越是密集，他/她的朋友们同样互为朋友的情况就越多，相应节点在网络中距离越近；而一个人的社会网络越稀疏，他/她的朋友们相互之间就越是陌生，相应节点在网络中也就相隔越远。

Schmälzle 通过分析被试的社交网络"好友"来绘制他们的社会关系网络。他发现社会关系网络越是稀疏，被试心理化网络的连接强度因社会排斥而提高的幅度就越大。这是为什么？一种可能的解释是：社会关系网络的结构预示了人们在遭受社会排斥时的脆弱程度——缺少一个意气相投的朋友圈子，人们对社会排斥的承受力就不够高。对社会认知与大脑连接模式间关联关系的研究很多[35]，Schmälzle 的实验只是其中一例。

社会认知与功能网络间的另一点重要关联是：社会关系网络规模越大的人前额叶皮质的面积越大，而前额叶皮质是心理化网络的一部分。[36]最后，社会互动的双方若关系密切，他们的脑波同步率也高；而关系疏远的双方互动时的脑波通常都极不同步。[37]虽然这种针对同步率的研究迄今关注的都是活动而非连接模式，我们也确有理由怀疑在互动中脑波同步率较高的个体功能网络的结构也同样相似。

跨生命周期的网络

> 认知功能随着年龄的增长而下降……有证据表明，这种现象与不同脑区之间沟通交流的变化有关。
>
> ——Linda Geerligs 等[38]

我们已经看到，创造性思维[39]、社会认知[40]、记忆存储[41]和生理状况[42]在不同时间尺度（从秒到小时）都会影响功能网络的连接模式。现在我们将时间尺度进一步拉长，看看功能网络跨生命周期的变化。

这种变化主要体现在结构上。关于脑内结构随年龄增长的变化，文献资料浩如烟海，在这里自然无法加以总结，但有两点变化最为重要：有观点认为在需要记忆、专注和快速加工的认知任务中，人们的表现之所以随年龄增长而逐渐下滑，可归咎于（1）海马的萎缩[43]和（2）通路与联结数量的减少[44]。海马是记忆存储的关键结构，结构连接的变化与功能连接的变化也有关联，而这正是我们要探讨的问题。[45]

177

图 6-8 是 Micaela Chan 和同事们为年轻男性（20~34 岁）和年长男性（65~89 岁）分别绘制的功能连接。[46]二者间的主要区别是年长男性模块铺开的面积更大，意味着模块内部连接的强度更低。另一个区别是年长男性功能网络的模块化程度有所下降，也就是不同模块间的区分度更低，体现为一些原本相互区分的模块随着年龄的增长会叠在一起，即发生"去分化"（dedifferentiation）现象。[47]

这些变化体现在图 6-8 椭圆圈出的区域中，该区域含两个模块的成分，分别由深色和浅色的小圈标注。对年长被试而言，深色小圈间（以及浅色小圈间）相隔更远，意味着模块内部的交流水平更低。[48]同时对年长被试而言，深色小圈与浅色小圈重叠的情况更多，意味着模块化程度有所下降。

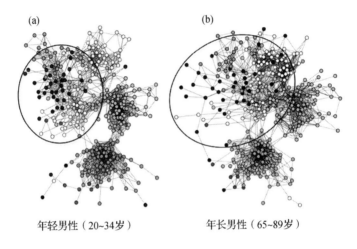

年轻男性（20~34岁）   年长男性（65~89岁）

图 6 - 8

（a）年轻男性（20 ~ 34 岁）与（b）年长男性（65 ~ 89 岁）的功能连接网络。深浅不同的小圈分属不同的模块（更清晰的彩图参见原文）。对年长男性而言，椭圆圈出的区域（含两个模块的成分）铺开的面积更大

  Chan 还对两组被试的记忆能力进行了测试，发现无论对哪个年龄段的被试而言，功能网络模块化的程度越低，记忆任务的表现就越差：在记忆任务中表现不佳的年轻被试模块间的区分度通常较低，而在记忆任务中表现较好的年长被试模块间的区分度通常较高。似乎模块的分化

水平越高，记忆能力就越强。

综上所述，随着年龄的增长，结构连接会发生变化，体现为模块间的逐渐融合，进而导致在记忆任务中表现的下滑。Chan 的实验并没有回答模块的去分化何以产生上述影响，但已有研究开始探索年龄的增长与（人们执行任务时）不同功能网络间相互作用的关系。[49] 此外，美国国立卫生研究院已将连接组的终身化与老龄化研究纳入"人类连接组项目"，以期绘制从 36 岁到 100 岁（甚至更老）的人类大脑的网络地图。[50]

这一切意味着什么

> 定义个体的大脑特征由大脑中数十亿神经元之间独特的连接模式编码而成。
>
> ——Fang-Cheng Yeh 等[51]

本章接续了第 2 章的讨论，包括功能定位（大脑中不同的区域对应于不同的功能）和分布式表征（特定认知功能由分布在全脑多个区域的神经活动所表征）。我们已经知道，要想理解心智与大脑间的关联，就要探索（创造了分布式表征的）各个脑区是怎样连接的，以及这些

179　连接如何承载纵横交错的神经信号流。事实上，神经元间的连接模式编码了每个人的特征。表 6 - 2 总结的六项研究就分别揭示了功能网络的六种特性。

如今致力于研究功能连接的学者们关注的大概就是这些问题，将相关结论综合起来，就产生了一种关于大脑运行方式的新视角，它不仅关注各脑区在何种情况下会被激活，还试图理解这些区域间的神经通路承载的不断变化的信号交流模式。

我们大脑中的结构与功能连接决定了我们是谁，也决定了我们每时每刻的行为与感受。这个想法着实令人兴奋，但在探索大脑如何造就心智的道路上，我们也才刚刚迈出了第一步。对未来的研究者来说，揭示连接模式的编码（见本节开头处的引言）如何实现特定认知功能将会是一个重大挑战。我们已经看到年龄的增长伴随着（1）模块的去分化（原本分化的模块会逐渐融合，见图 6 - 8）以及（2）认知任务中表现的下滑，但我们尚不清楚连接模式的改变具体是如何产生这些影响的。

撇开这些有待研究的问题不谈，对心智与大脑间关联关系的探索已经取得了令人印象深刻的成果。大脑与心智的重要关联是毋庸置疑的，为此我们已展示了足够的证据。虽说大脑与心智并非同一回事，但大脑创造了心智，认知科学家也已经有能力借助研究大脑对心智展开研究了。我们在生理层面对神经元、模块，乃至网络的丰富研究成果已能与行为和感受水平的现象成功对接，这堪称现代科学最了不起的成就之一。

表 6－2　本章描述的功能连接的变化　　180

条件	结果	基本原理
从清晨到夜间（Shannon[1]）	内侧颞叶的连接昼间增强，夜间减弱	功能连接在一天 24 小时内会不断变化
正常饮食与控制饮食（Poldrack[2]）	模块间距变化	生理状况会影响功能连接
创造性思维：替代用途任务（Beaty[3]）	创造性越强，默认网络与执行控制网络间的连接强度越高	思维过程中的网络协同；存在个体差异
创造性思维：替代用途任务，连接的动态变化（Beaty[4]）	创造性活动每时每刻都伴随连接模式的改变	功能网络的连接模式可快速调整
社会认知：社会排斥（Schmälzle[5]）	遭遇排斥时，心理化网络的活动增强对社会关系网络稀疏者影响更大	社会压力可影响网络内部的活动；存在个体差异

（续）

条件	结果	基本原理
衰老的影响（Chan[6]）	模块分化水平随年龄增大而降低（去分化）；年龄越大，模块内部连接数量越少	功能网络存在跨生命周期的变化

[1] B. J. Shannon, A. Desenbach, Y. Su, Y. et al., "Morning-Evening Variation in Human Brain Metabolism and Memory Circuits," *Journal of Neurophysiology*, 109 (2013): 1444-1456.

[2] R. A. Poldrack, T. O. Laumann, O. Koyejo, et al., "Long-Term Neural and Physiological Phenotyping of a Single Brain," *Nature Communications* 6. 8885 (2015): 1-15.

[3] R. E. Beaty, M. Benedek, R. W. Wilkins, et al., "Creativity and the Default Network: A Functional Connectivity Analysis of the Creative Brain at Rest," *Neuropsychologia*, 64 (2014): 92-98.

[4] R. E. Beaty, M. Benedek, S. B. Kaufman, and P. J. Silvia, "Default and Executive Network Coupling Supports Creative Idea Production." *Scientific Reports*, 5, no. 10964 (2015): 1-14.

[5] R. Schmalzle, M. B. O'Donnell, J. O. Garia, et al., "Brain Connectivity Dynamics during Social Interaction Reflect Social Network Structure," *Proceedings in the National Academy of Sciences* 114, no. 20 (2017): 5153-5158.

[6] M. Y. Chan, D. C. Park, N. K. Savilia, S. E. Petersen, and G. S. Wig, "Decreased Segregation of Brain Systems across the Healthy Adult Life Span," *Proceedings of the National Academy of Sciences* 111, no. 46 (2014): E4977-E5006.

最后我们要强调，认知科学家对心智的见解多种多样，本书只描绘了其中之一。虽然我关注的是内隐过程、预测和连接的基本原理，但其他作品（见"延伸阅读"）就心智与大脑如何实现第1章罗列的各项功能——包括知觉、注意、记忆、情感、语言、决策、思考、推理和身体行动——提供了更详细的信息。

撇开更多的细节不谈，这些著作传达了一个共同的观点：大脑在每一种认知功能背后默默地运行：根据当下条件和任务要求，模式化排布的神经元集群以动态多变的方式相互连接。虽说我们只能为大脑，而不能为心智拍照，但前者已蕴含了所有不可或缺的信息，以解释后者创造的一切神奇。

参考文献

The

Mind

第 1 章

1. L. Naci, R. Cusack, M. Anello, and A. M. Owen, "A Common Neural Code for Similar Conscious Experiences in Different Individuals," *Proceedings of the National Academy of Sciences* 111 (2014): 14277 – 14282.

2. 该表述取自记录诺贝尔经济学奖得主 John Forbes Nash 生平事迹的传记作品《美丽心灵》(*A Beautiful Mind*)(Nasser, 1998)。

3. F. C. Donders, "On the Speed of Mental Processes," in *Attention and Performance II: Acta Psychologica*, vol. 30, ed. W. G. Koster (1969), 412 – 431. (Original work published in 1868).

4. H. Ebbinghaus, *Memory: A Contribution to Experimental Psychology*, trans. H. A. Ruger and C. E. Bussenius (New York: Teachers College, Columbia University, 1913). (Original work, Über das Gedächtnis, published 1885.)

5. J. B. Watson, "Psychology as the Behaviorist Views It," *Psychological Review* 20 (1913): 158, 176; emphasis added.

6. J. B. Watson and R. Raynor, "Conditioned Emotional Reactions," *Journal of Experimental Psychology* 3 (1920): 1 – 14.

7. I. Pavlov, *Conditioned Reflexes* (London: Oxford University Press, 1927).

8. B. F. Skinner, *The Behavior of Organisms* (New York: Appleton Century, 1938).

9. F. J. Dyson, "Is Science Mostly Driven by Ideas or by Tools?" *Science* 338 (2012): 1426 – 1427; T. Kuhn, *The Structure of Scientific Revolutions* (Chicago: University of Chicago Press, 1962).

10. D. E. Broadbent, *Perception and Communication* (London: Pergamon Press, 1958).

11. E. C. Cherry, "Some Experiments on the Recognition of Speech, with One and with Two Ears," *Journal of the Acoustical Society of America* 25 (1953): 975 – 979.

12. J. McCarthy, M. L. Minsky, N. Rochester, and C. E. Shannon, "A Proposal for the Dartmouth Summer Research Project on Artificial Intelligence," August 31, 1955, http://www-formal. stanford. edu/ jmc/history/dartmouth/dartmouth. html.

13. G. A. Miller, "The Magical Number Seven, Plus or Minus Two: Some Limits on Our Capacity for Processing Information," *Psychological Review* 63 (1956): 81 – 97.

14. W. Bechtel, A. Abrahamsen, and G. Graham, "The Life of Cognitive Science," in *A Companion to Cognitive Science*, ed. W. Bechtel and G. Graham, 2 – 104 (Oxford: Blackwell, 1998); G. A. Miller, "The Cognitive Revolution: A Historical Perspective," *Trends in Cognitive Sciences* 7 (2003): 141 – 144; U. Neisser, "New Vistas in the Study of Memory," in *Remembering Reconsidered: Ecological and Traditional Approaches to the Study of Memory*, ed. U. Neisser and E. Winograd, 1 – 10 (Cambridge: Cambridge University Press, 1988).

15. B. F. Skinner, *Verbal Behavior* (New York: Appleton-Century-Crofts, 1957).

16. N. Chomsky, "A Review of Skinner's Verbal Behavior," *Language* 35 (1959): 26 – 58.

17. U. Neisser, *Cognitive Psychology* (New York: Appleton-Century-Crofts, 1967).

18. 虽说行为主义范式已不再占据心理学研究的统治地位,我们仍应对 Skinner 的成就脱帽致敬。他的基于强化的行为控制理论依然非常重要,"低头族"们沉溺于使用手机就是这种强化影响的典型例子。认知革命的意义在于,其指出强化理论不仅忽视了认知过程,对行为的解释也是不充分的。

19. A. Smith, *Powers of Mind* (New York: Simon & Schuster, 1975).

20. C. Castaneda, *Journey to Ixtlan: The Lessons of Don Juan* (New York: Simon & Schuster, 1972); A. Huxley, *The Doors of Perception* (London: Chatto & Windus, 1954).

21. J. R. MacLean, D. C. Macdonald, F. Oden, and E. Wilby, "LSD-25 and Mescaline as Therapeutic Adjuvants," in *The Use of LSD in Psychotherapy and Alcoholism*, ed. H. Abramson (New York: Bobbs-Merrill, 1967), 407 – 426.

22. M. Pollan, "Guided Explorations: My Adventures with the Researchers and Renegades Bringing Psychedelics into the Mental Health Mainstream," *New York Times Magazine*, May 20, 2018, 32 – 38, 61 – 65; M. Pollan, *How to Change Your Mind: What the New Science of Psychedelics Teaches Us about Consciousness, Dying, Addiction, Depression, and Transcendence* (New York: Penguin, 2018).

23. J. D. Creswell, "Mindfulness Interventions," *Annual Review of Psychology* 68 (2017): 491 – 516; J. P. Pozuelos, B. R. Mean, M. R. Rueda, and P. Malinowski, "Short-Term Mindful Breath Awareness Training Improves Inhibitory Control and Response Monitoring," *Progress in Brain Research* 244 (2019): 137 – 163.

24. R. Descartes, *Discourse on the Method* (1637).

25. D. Chopra, "A Final Destination: The Human Universe," address to the Tucson Science of Consciousness Conference, April 27, 2016.

26. O. Blanke, T. Landis, L. Spinelli, and M. Seeck, "Out-of-Body

Experience and Autoscopy of Neurological Origin," *Brain* 127 (2004): 243 - 258; S. Bunning and O. Blanke, "The Out-of-Body Experience: Precipitating Factors and Neural Correlates," in *Progress in Brain Research*, vol. 150, ed. S. Laureys (New York: Elsevier, 2005).

27. O. Blanke and S. Arzy, "The Out-Of-Body Experience: Disturbed Self-Processing at the Temporo-Parietal Junction," *Neuroscientist* 11, no. 1 (2005): 16.

28. S. J. Blackmore, *Beyond the Body: An Investigation of Out-of-Body Experiences* (London: Heinemann, 1982); H. Irwin, *Flight of Mind: A Psychological Study of the Out-of-Body Experience* (Metuchen, NJ: Scarecrow Press, 1985).

29. D. De Ridder, K. Van Laere, P. Dupont, T. Monovsky, and P. Van deHyning, "Visualizing Out-of-Body Experience in the Brain," *New England Journal of Medicine* 357 (2007): 1829 - 1833.

30. Bunning and Blanke, "The Out-of-Body Experience"; De Ridder et al., "Visualizing Out-of-Body Experience"; F. Tong, "Out-of-Body Experiences: From Penfield to Present," *Trends in Cognitive Sciences* 7 (2003): 104 - 106.

31. S. Blackmore, *Dying to Live: Near-Death Experiences* (New York: Prometheus Books, 1993); B. Greyson and I. Stevenson, "The Phenomenology of Near-Death Experiences," *American Journal of Psychiatry* 137 (1980): 1193 - 1196: K. R. Ring, *Life at Death: A Scientific Investigation of the Near-Death Experience* (New York: Coward, McCann & Geoghegan, 1980).

32. E. Alexander, *Proof of Heaven: A Neurosurgeon's Journey into the Afterlife* (New York: Simon & Schuster, 2013).

33. P. Van Lommel, *Consciousness beyond Life: The Science of the Near-Death Experience* (New York: Harper Collins, 2010).

34. G. M. Woerlee, *Mortal Minds: The Biology of Near-Death Experience* (New York: Prometheus Books, 2005); G. M. Woerlee, "Review of

P. M. Lommel, Consciousness beyond Life" (2019), http://neardth. com/consciousness-beyond-life. php.

35. S. Blackmore, Consciousness, 2nd ed. (New York: Routledge, 2010); L. Dittrich, "The Prophet," Esquire, July 2, 2013; O. Sacks, "Seeing God in the Third Millennium," Atlantic, December 12, 2012.

36. Sacks, "Seeing God in the Third Millennium."

37. R. L. Carhart-Harris, S. Muthukumaraswamy, L. Roseman, et al., "Neural Correlates of the LSD Experience Revealed by Multimodal Neuroimaging," Proceedings of the National Academy of Sciences 113 (2016): 4853 – 4858.

38. J. Searle, "Theory of Mind and Darwin's Legacy," Proceedings of the National Academy of Sciences 110 (2013): 10343 – 10348.

39. J. Brockman, ed., The Mind: Leading Scientists Explore the Brain, Memory, Personality, and Happiness (New York: Harper, 2013).

40. D. S. Bassett and M. S. Gazzaniga, "Understanding Complexity in the Human Brain," Trends in Cognitive Sciences 15 (2011): 200 – 209.

41. P. Broca, "Sur le volume et la forme du cerveau suivant les individus et suivant les races," Bulletin Societé d'Anthropologie Paris 2 (1861): 139 – 207, 301 – 321, 441 – 446.

42. C. Wernicke, Der aphasische Symptomenkomplex (Breslau: Cohn, 1874).

43. Santiago Ramón y Cajal, "The Structure and Connections of Neurons: Nobel Lecture, December 12, 1906," in Nobel Lectures, Physiology or Medicine, 1901 – 1921 (New York: Elsevier Science, 1967), 221 – 253.

44. E. R. Kandel, In Search of Memory (New York: Norton, 2006), 61.

45. E. D. Adrian, The Basis of Sensation (New York: Norton, 1928), 7; Adrian, The Mechanism of Nervous Action (Philadelphia: University of Pennsylvania Press, 1932).

46. Adrian, *The Basis of Sensation*, 7; *The Mechanism of Nervous Action*.

47. D. H. Hubel, "Exploration of the Primary Visual Cortex, 1955 – 1978," *Nature* 299 (1982): 515 – 524; D. H. Hubel and T. N. Wiesel, "Receptive Fields of Single Neurons in the Cat's Striate Cortex," *Journal of Physiology* 148 (1959): 574 – 591; D. H. Hubel and T. N. Wiesel, "Receptive Fields and Functional Architecture in Two Non-striate Visual Areas (18 and 19) of the Cat," *Journal of Neurophysiology* 28 (1965): 229 – 289.

48. H. Berger, *Psyche* (Jena: Gustav Fischer, 1940).

49. S. Ogawa, T. M. Lee, A. R. Kay, and D. W. Tank, "Brain Magnetic Resonance Imaging with Contrast Dependent on Blood Oxygenation," *Proceedings of the National Academy of Sciences*, 87 (1990): 9868 – 9872. M. M. Ter-Pogossian, M. E. Phelps, E. J. Hoffman, and N. A. Mullani, "A Positron-Emission Tomograph for Nuclear Imaging (PET)," *Radiology* 114 (1975): 89 – 98.

50. T. Kuhn, *The Structure of Scientific Revolutions* (Chicago: University of Chicago Press, 1962).

51. F. J. Dyson, "Is Science Mostly Driven by Ideas or by Tools?" *Science* 338 (2012): 1426 – 1427; P. Galison, *Image and Logic* (Chicago: University of Chicago Press, 1997).

52. P. T. Fox, "Human Brain Mapping: A Convergence of Disciplines," *Human Brain Mapping* 1 (1993): 1 – 2; A. Toga, "Editorial," *NeuroImage* 1 (1992): 1.

53. A. Eklund, T. E. Nichols, and H. Knutsson, "Cluster Failure: Why fMRI Inferences for Spatial Extent Have Inflated False-Positive Rates," *Proceedings of the National Academy of Sciences* 113 (2016): 7900 – 7905.

第 2 章

1. 摘自 R. Van Gulick, "Consciousness," in *Stanford Encyclopedia of Philosophy* (Stanford, CA: Metaphysics Research Lab, 2014).

2. S. Blackmore, *Consciousness*, 2nd ed. (New York: Routledge, 2010).

3. J. Locke, *An Essay concerning Human Understanding* (1690).

4. D. Chalmers, "Facing Up to the Problem of Consciousness," *Journal of Consciousness Studies* 2, no. 3 (1995): 200 – 219.

5. Chalmers, "Facing Up."

6. Blackmore, *Consciousness*.

7. G. Smallberg, "No Shared Theory of Mind," in *What to Think about Machines That Think*, ed. J. Brockman (New York: Harper Perennial, 2015).

8. J. Searle, "Theory of Mind and Darwin's Legacy," *Proceedings of the National Academy of Sciences* 110, suppl. 2 (2013): 10343 – 10348.

9. D. Chalmers, "I'm Conscious: He's Just a Zombie," in *Conversations on Consciousness*, ed. S. Blackmore (New York: Oxford University Press, 2005).

10. B. Baars, "Consciousness Is a Real Working Theater," in *Conversations on Consciousness*, ed. S. Blackmore (New York: Oxford University Press, 2005).

11. W. James, *The Principles of Psychology*, rev. ed. (Cambridge, MA: Harvard University Press, 1981). (Original work published 1890.)

12. A. K. Seth, "The Grand Challenge of Consciousness," *Frontiers in Psychology* 1, no. 5 (2010): 1 – 2.

13. W. Seager, "Emergentist Panpsychism," *Journal of Consciousness Studies* 19, nos. 9 – 10 (2012): 19 – 39; N. D. Theise and M. C. Kafatos, "Complementarity in Biological Systems: A Complexity

View," *Complexity* 18, no. 6 (2013): 11 – 20; G. Tononi and C. Koch, "Consciousness: Here, There and Everywhere?" *Philosophical Transactions of the Royal Society B* 370 (2015): 20140167.

14. C. McGinn, *The Mysterious Flame: Conscious Minds in a Material World* (New York: Basic Books, 1999); J. Searle, "Consciousness and the Philosophers," *New York Review of Books* 44, no. 4 (1997): 43 – 50.

15. P. Tompkins and C. Bird, *The Secret Life of Plants* (New York: Harper & Row, 1973).

16. M. Pollan, "The Intelligent Plant," *New Yorker*, December 23, 30, 2013.

17. D. Chamovitz, *What a Plant Knows* (New York: Scientific American/ Farrar, Straus and Giroux, 2012).

18. 另一部与 Chamovitz 关于植物的著作类似,以动物类比树木的科普 作品为 P. Wohlleben, *The Hidden Life of Trees: What They Feel, How They Communicate* (Greystone Books, 2016), 同见 K. Yokawa et al., "Anaesthetics Stop Diverse Plant Organ Movements, Affect Endocytic Vesicle Recycling and ROS Homeostasis, and Block Action Potentials in Venus Flytraps," *Annals of Botany* 122 (2018): 747 – 756, 这篇论 文揭示了麻醉剂对植物与动物的相似的影响。

19. 若想领略将动物拟人化的最优秀的小说类作品,推荐 Jack London, *Call of the Wild* (1903), 这本书是以一只叫 Buck 的狗的视角创 作的。

20. J. Riley, U. Greggers, A. Smith, D. Reynolds, and R. Menzeil, "The Flight Paths of Honeybees Recruited by the Waggle Dance," *Nature* 435, no. 7039 (2005): 205 – 207.

21. M. Boly, A. K. Seth, M. Wilke, P. Ingmundson, B. Baars, S. Laureys, D. B. Edelman, and N. Tsuchiya, "Consciousness in Humans and Nonhuman Animals: Recent Advances and Future Directions," *Frontiers in Psychology* 4, no. 625 (2013): 1 – 20.

22. D. Bilefsky, "Inky the Octopus Escapes from a New Zealand Aquarium," *New York Times*, April 14, 2016.

23. J. A. Mather, "Cephalopod Consciousness: Behavioral Evidence," *Consciousness and Cognition* 17 (2008): 37–48.

24. C. B. Albertin, O. Simakov, T. Mitros, Z. Yan Wang, J. R. Pungor, E. Edsinger-Gonzales, S. Brenner, C. W. Ragsdale, and D. S. Rokhsar, "The Octopus Genome and the Evolution of Cephalopod Neural and Morphological Novelties," *Nature* 524 (2015): 220–224.

25. A. Abbott, "DNA Sequence Expanded in Areas Otherwise Reserved for Vertebrates," *Nature News*, August 12, 2015.

26. A. B. Barron and C. Klein, "What Insects Can Tell Us about the Origins of Consciousness," *Proceedings of the National Academy of Sciences B* 113, no. 18 (2016): 4900–4908.

27. Barron and Klein, "What Insects Can Tell Us."

28. A. Damasio, H. Damasio, and D. Travel, "Persistence of Feelings and Sentience after Bilateral Damage of the Insula," *Cerebral Cortex* 23, no. 4 (2013): 833–846; B. Merker, "Consciousness without a Cerebral Cortex: A Challenge for Neuroscience and Medicine," *Behavioral Brain Sciences* 30, no. 1 (2007): 63–81, 讨论部分见 81–134; A. M. Owen et al., "Detecting Residual Cognitive Function in Persistent Vegetative State," *Neurocase* 8, no. 5 (2002): 395–403.

29. Barron and Klein, "What Insects Can Tell Us."

30. Damasio, Damasio, and Travel, "Persistence of Feelings and Sentience"; Merker, "Consciousness without a Cerebral Cortex"; Owen et al., "Detecting Residual Cognitive Function."

31. A. Avargues-Weber and M. Giurfa, "Conceptual Learning by Miniature Brains," *Proceedings of the Royal Society B* 280 (2013): 1–9; D. Van Essen, "Organization of visual areas in macaque and human cerebral cortex," in *The Visual Neurosciences*, ed. L. M. Chalupa and J. S.

Werner (Cambridge, MA: MIT Press, 2004), 507 – 521.

32. D. B. Edelman, B. J. Baars, and A. K. Seth, "Identifying Hallmarks of Consciousness in Non-mammalian Species," *Consciousness and Cognition* 14 (2005): 169 – 187; J. Panksepp, "Affective Consciousness: Core Emotional Feelings in Animals and Humans," *Consciousness and Cognition* 14 (2005): 30 – 80.

33. "The Cambridge Declaration on Consciousness," Francis Crick Memorial Conference on Consciousness in Human and Non-Human Animals, Churchill College, University of Cambridge, July 7, 2012, http:// fcmconference. org/img/CambridgeDeclarationOnConsciousness. pdf.

34. Chalmers, "I'm Conscious: He's Just a Zombie."

35. L. Mudrik, N. Faivre, and C. Koch, "Information Integration without Awareness," *Trends in Cognitive Sciences* 18 (2014): 488 – 496; A. K. Seth, E. Izhikevich, G. N. Reeke, and G. M. Edelman, "Theories and Measures of Consciousness: An Extended Framework," *Proceedings of the National Academy of Sciences* 103 (2006): 10799 – 10804; G. Tononi and C. Koch, "The Neural Correlates of Consciousness: An Update," *Annals of the New York Academy of Sciences* 1124 (2008): 239 – 261; G. Tononi and G. M. Edelman, "Consciousness and Complexity," *Science* 282 (1998): 1846 – 1851.

36. T. Nagel, "What Is It Like to Be a Bat?" *Philosophical Review* 83, no. 4 (1974): 436.

37. G. Tononi and C. Koch, "Consciousness: Here, There and Everywhere?" *Philosophical Transactions of the Royal Society B* 370 (2015): 20140167.

38. D. Chalmers, *The Conscious Mind* (New York: Oxford University Press, 1996).

39. F. Jackson, "What Mary Didn't Know," *Journal of Philosophy* 83 (1986): 291 – 295.

40. E. B. Goldstein and J. Brockmole, *Sensation and Perception*, 10th ed. (Boston: Cengage, 2017); 关于双目视觉的讨论见第 10 章。

41. S. Barry, *Fixing My Gaze* (New York: Basic Books, 2009).

42. I. Newton, *Optiks* (London: Smith and Walford, 1704).

43. R. Menzel and W. Backhaus, "Color Vision in Honeybees: Phenomena and Physiological Mechanisms," in *Facets of Vision*, ed. D. G. Stavenga and R. C. Hardie (Berlin: Springer, 1989), 281 – 297; R. Menzel, D. F. Ventura, H. Hertel, J. deSouza, and U. Greggers, "Spectral Sensitivity of Photoreceptors in Insect Compound Eyes: Comparison of Species and Methods," *Journal of Comparative Physiology* 158A (1986): 165 – 177.

44. Chalmers, "Facing Up," 220; D. Chalmers, "Moving Forward on the Problem of Consciousness," *Journal of Consciousness Studies* 4, no. 1 (1997): 3 – 46.

45. J. Brockman, ed., The Mind (New York: Harper, 2011).

46. V. J. Kafalov, "Rod and Cone Visual Pigments and Phototransduction through Pharmacological, Genetic, and Physiological Approaches," *Journal of Biological Chemistry* 287, no. 3 (2012): 1635 – 1641.

47. Brockman, *The Mind.*

48. Chalmers, "Facing Up," 220; Chalmers, "Moving Forward."

49. T. H. Huxley, *Evidence as to Men's Place in Nature* (London: Williams and Wilkins, 1863).

50. J. Levine, "Materialism and Qualia: The Explanatory Gap," *Pacific Philosophical Quarterly* 64 (1983): 354 – 361.

51. W. T. Newsome, K. H. Britten, and J. A. Movshon, "Neuronal Correlates of a Perceptual Decision," *Nature* 341 (1989): 52 – 54.

52. A. Gopnik, "Amazing Babies," in *The Mind*, ed. J. Brockman (New York: Harper Perennial, 2011).

53. D. E. Stansbury, T. Naselaris, and J. L. Gallant, "Natural Scene Statistics Account for the Representation of Scene Categories in Human Visual Cortex," Neuron 79 (2013): 1025 - 1034.

54. A. G. Huth, S. Nishimoto, A. T. Vo, and J. L. Gallant, "A Continuous Semantic Space Describes the Representation of Thousands of Objects and Action Categories across the Human Brain," Neuron 76 (2012): 1210 - 1224; A. G. Huth, W. A. deHeer, T. L. Griffiths, F. E. Theunissen, and J. L. Gallant, "Natural Speech Reveals the Semantic Maps That Tile Human Cerebral Cortex," Nature 532 (2016): 453 - 460; T. Naselaris, C. A. Olman, D. E. Stansburh, K. Uurbil, and J. Gallant, "A Voxel-Wise Encoding Model for Early Visual Areas Decodes Mental Images of Remembered Scenes," NeuroImage 105 (2015): 215 - 228.

55. D. S. Bassett and M. S. Gazzaniga, "Understanding Complexity in the Human Brain," Trends in Cognitive Sciences 15 (2011): 200 - 209.

56. S. E. Henschen, Klinische und anatomische Beitrage zue Pathologie des Gehirns (Pt. 1) (Almquist and Wiksell, 1890); H. Munk, Uber die Funktionen der Grosshirnrinde (A. Hirschwald, 1881) (English translation in The Cerebral Cortex, ed. G. Van Bonin [Springfield: Thomas, 1960], 97 - 117).

57. S. Corkin, "What's New with the Amnesic Patient H. M. ?" Nature Reviews Neuroscience 3 (2002): 1 - 8; W. B. Scoville and B. Milner, "Loss of Recent Memory after Bilateral Hippocampus Lesions," Journal of Neurosurgery and Psychiatry 20 (1957): 11 - 21.

58. D. Tranel, G. Gullickson, M. Koch, and R. Adolphs, "Altered Experience of Emotion following Bilateral Amygdala Damage," Cognitive Neuropsychiatry 11 (2007): 219 - 232.

59. R. Adolphs, J. A. Russell, and D. Travel, "A Role for the Human Amygdala in Recognizing Emotional Arousal from Unpleasant Stimuli," Psychological Science 10 (1999): 167 - 171.

60. J. S. Morris, C. D. Frith, D. I. Perrett, A. W. Rowland, A. J. Calder, and R. J. Dolan, "A Differential Neural Response in the Human Amygdala to Fearful and Happy Facial Expressions," *Nature* 383 (1996): 812 – 815.

61. D. H. Hubel, "Exploration of the Primary Visual Cortex, 1955 – 1978," *Nature* 299 (1982): 515 – 524; D. H. Hubel and T. N. Wiesel, "Receptive Fields of Single Neurons in the Cat's Striate Cortex," *Journal of Physiology* 148 (1959): 574 – 591; D. H. Hubel and T. N. Wiesel, "Receptive Fields and Functional Architecture in Two Non-striate Visual Areas (18 and 19) of the Cat," *Journal of Neurophysiology* 28 (1965): 229 – 289.

62. P. E. Downing, J. Yuhong, M. Shuman, and N. Kanwisher, "A Cortical Area Selective for Visual Processing of the Human Body," *Science* 239 (2001): 2470 – 2473; R. Epstein, A. Harris, D. Stanley, and N. Kanwisher, "The Parahippocampal Place Area: Recognition, Navigation, or Encoding?" *Neuron* 23 (2001): 115 – 125; C. G. Gross, C. E. Rocha-Miranda, and D. B. Bender, "Visual Properties of Neurons in Inferotemporal Cortex of the Macaque," *Journal of Neurophysiology* 5 (1972): 96 – 111; N. Kanwisher, "The Ventral Visual Object Pathway in Humans: Evidence from fMRI," in *The Visual Neurosciences*, ed. L. M. Chalupa and J. S. Werner (Cambridge, MA: MIT Press, 2003), 1179 – 1190; N. Kanwisher and D. D. Dilks, "The Functional Organization of the Ventral Visual Pathway in Humans," in *The New Visual Neurosciences*, ed. J. S. Werner and L. M. Chalupa (Cambridge, MA: MIT Press, 2013); N. Kanwisher, J. McDermott, and M. M. Chun, "The Fusiform Face Area: A Module in Human Extrastriate Cortex Specialized for Face Perception," *Journal of Neuroscience* 17 (1997): 4302 – 4311; D. I. Perrett, E. T. Rolls, and W. Caan, "Visual Neurons Responsive to Faces in the Monkey Temporal Cortex," *Experimental Brain Research* 7 (1982): 329 – 342; E. T. Rolls, "Responses of Amygdaloid Neurons in the Primate," in

The Amygdaloid Complex, ed. Y. Ben-Ari (Amsterdam: Elsevier, 1981), 383 – 393.

63. D. C. Van Essen, "Corticocortical and Thalamocortical Information Flow in the Primate Visual System," *Progress in Brain Research* 149 (2005): 173 – 185.

64. M. Behrmann and D. C. Plaut, "Distributed Circuits, Not Circumscribed Centers, Mediate Visual Recognition," *Trends in Cognitive Sciences* 17 (2013): 210 – 219.

65. Huth et al., "Continuous Semantic Space"; E. K. Warrington and T. Shallice, " Category Specific Semantic Impairments," *Brain* 107 (1984): 829 – 854.

66. C. E. Curtis and M. D'Esposito, "Persistent Activity in the Prefrontal Cortex during Working Memory," *Trends in Cognitive Sciences* 7 (2003): 415 – 423; S. A. Harrison and F. Tong, "Decoding Reveals the Contents of Visual Working Memory in Early Visual Areas," *Nature* 458 (2009): 462 – 465.

67. B. Levine, G. R. Turner, D. Tisserand, S. J. Hevenor, S. J. Graham, and A. R. McIntosh, "The Functional Neuroanatomy of Episodic and Semantic Autobiographical Remembering: A Prospective Functional MRI Study," *Journal of Cognitive Neuroscience* 16 (2004): 1633 – 1646.

第 3 章

1. O. Sacks, *The Man Who Mistook His Wife for a Hat* (New York: Simon & Schuster, 1985).

2. C. S. Konen, M. Behrmann, M. Nishimura, and S. Kastner, "The Functional Neuroanatomy of Object Agnosia: A Case Study," *Neuron* 71 (2011): 49 – 60.

3. A. D. Milner, D. I. Perrett, R. S. Johnston, P. J. Benson, T. R. Jordan, D. W. Heeley, D. Bettucci, F. Mortara, R. Mutani, E. Terrazzi, and D. L. W. Davidson, "Perception and Action in 'Visual Form Agnosia,'" *Brain* 114 (1991): 405 – 428; A. D. Milner and M. A. Goodale, "The Visual Brain in Action," *Psyche* 4, no. 12 (1998).

4. Milner et al., "Perception and Action in 'Visual Form Agnosia.'" 图 3 – 1 源自 Milner and Goodale, "The Visual Brain in Action" 中图 2。

5. M. A. Goodale, "How (and Why) the Visual Control of Action Differs from Visual Perception," *Proceedings of the Royal Society of London B* 281 (2014): 20140337; M. A. Goodale, D. A. Westwood, and A. D. Milner, "Two Distinct Modes of Control for Object-Directed Action," *Progress in Brain Research* 144 (2004): 131 – 144.

6. M. Mishkin, L. G. Ungerleider, and K. G. Macko, "Object Vision and Spatial Vision: Two Cortical Pathways," *Trends in Neuroscience* 6 (1983): 414 – 417; L. G. Ungerleider and M. Mishkin, "Two Cortical Visual Systems," in *Analysis of Visual Behavior*, ed. D. J. Ingle, M. A. Goodale, and R. J. W. Mansfield (Cambridge, MA: MIT Press, 1982), 549 – 586. 图 3 – 2 摘自 E. B. Goldstein and J. Brockmole, *Sensation and Perception*, 10th ed. (Boston: Cengage, 2017) 中图 414 (p. 80), 改编自 Ungerleider, and Macko, "Object Vision and Spatial Vision."

7. Mishkin, Ungerleider, and Macko, "Object Vision and Spatial Vision"; Ungerleider and Mishkin, "Two Cortical Visual Systems."

8. F. Fang and S. He, "Cortical Responses to Invisible Objects in the Human Dorsal and Ventral Pathways," *Nature Neuroscience* 8, no. 10 (2005): 1380 – 1385; Goodale, "How (and Why) the Visual Control of Action Differs from Visual Perception."

9. V. S. Ramachandran and S. Blakeslee, *Phantoms in the Brain: Probing the Mysteries of the Human Mind* (New York: William Morrow, 1988), 64 – 65.

10. G. Riddoch, "Dissociation of Visual Perceptions due to Occipital Injuries, with Especial Reference to Appreciation of Movement," *Brain* 40 (1917): 15 - 57.

11. L. Weiskrantz, E. K. Warrington, M. D. Sanders, and J. Marshall, "Visual Capacity in the Hemianopic Field Following a Restricted Occipital Ablation," *Brain* 97 (1974): 709 - 728.

12. V. A. F. Lamme, "Blindsight: The Role of Feedforward and Feedback Corticocortical Connections," *Acta Psychologica* 107 (2001): 209 - 228.

13. J. Driver and P. Vuilleumier, "Perceptual Awareness and Its Loss in Unilateral Neglect and Extinction," *Cognition* 79 (2001): 39 - 88.

14. 图 3 - 3 摘自 P. Vuilleumier and S. Schwartz, "Emotional Facial Expressions Capture Attention," *Neurology* 56 (2001): 153 - 158 中图 1b。

15. P. Vuilleumier and S. Schwartz, "Beware and Be Aware: Capture of Spatial Attention by Fear-Related Stimuli in Neglect," *NeuroReport* 12, no. 6 (2001): 1119 - 1122.

16. Vuilleumier and Schwartz, "Emotional Facial Expressions Capture Attention," "Beware and Be Aware"; R. D. Rafel, "Neglect," *Current Opinion in Neurobiology* 4 (1994): 231 - 236.

17. A. Dijksterhuis and H. Aarts, "Goals, Attention, and (Un) consciousness," *Annual Review of Psychology* 61 (2010): 467 - 490; B. Libet, C. A. Gleason, E. W. Wright, and D. K. Pearl, "Time of Conscious Intention to Act in Relation to Onset of Cerebral Activity (Readiness-Potential)," *Brain* 106 (1983): 623 - 642.

18. S. Bode, A. H. He, C. S. Soon, R. Trampel, R. Turner, and J. -D. Haynes, "Tracking the Unconscious Generation of Free Decisions Using Ultra-High Field fMRI," *PLoS One* 6, no. 6 (2011): e21612; I. Fried, R. Mukamel, and G. Kreiman, "Internally Generated

Preactivation of Single Neurons in Human Medial Frontal Cortex Predicts Volition," *Neuron* 69 (2011): 548 – 562; P. Haggard, "Human Volition: Towards a Neuroscience of Will," *Nature Reviews Neuroscience* 9 (2008): 934 – 946; C. S. Soon, M. Brass, H.-J. Heinze, and J.-D. Haynes, " Unconscious Determinants of Free Decisions in the Human Brain," *Nature Neuroscience* 11, no.5 (2008): 543 – 545.

19. Fried, Mukamel, and Kreiman, "Internally Generated Preactivation of Single Neurons."

20. Soon et al., "Unconscious Determinants of Free Decisions," 543.

21. Y. H. R. Kang, F. H. Petzschner, D. M. Wolpert, and M. N. Shadlen, "Piercing of Consciousness as a Threshold-Crossing Operation," *Current Biology* 27 (2017): 2285 – 2295; J. Miller and W. Schwarz, "Brain Signals Do Not Demonstrate Unconscious Decision Making: An Interpretation Based on Graded Conscious Awareness," *Consciousness and Cognition* 24 (2014): 12 – 21.

22. 图摘自 Miller and Schwarz, "Brain Signals Do Not Demonstrate."

23. Kang et al., "Piercing of Consciousness"; Miller and Schwarz, "Brain Signals Do Not Demonstrate."

24. Soon et al., "Unconscious Determinants of Free Decisions," 543.

25. P. Haggard, "Human Volition: Towards a Neuroscience of Will," *Nature Reviews Neuroscience* 9 (2008): 942.

26. S. Joordens, M. Van Duijn, and T. M. Spalek, "When Timing the Mind One Should Also Mind the Timing: Biases in the Measurement of Voluntary Actions," *Consciousness and Cognition* 11 (2002): 231 – 240.

27. P. Alexander, S. Alexander, W. Sinnott-Armstrong, A. L. Roskies, T. Wheatley, and P. U. Tse, "Readiness Potentials Driven by Non-motoric Processes," *Consciousness and Cognition* 39 (2016): 38 – 47; H.-G. Jo, T. Hinterberger, M. Wittmann, T. L. Borghardt, and S. Schmidt,

"Spontaneous EEG Fluctuations Determine the Readiness Potential: Is Preconscious Brain Activation a Preparation Process to Move?" *Experimental Brain Research* 231 (2013): 495 – 500.

28. B. Libet, "Unconscious Cerebral Initiative and the Role of Conscious Will in Voluntary Action," *Behavioral and Brain Sciences* 8 (1985): 529 – 566. Libet 的论文在 529 至 539 页,相关讨论和 Libet 的回应在 539 至 566 页。

29. A. S. Reber, "Implicit Learning of Artificial Grammars," *Journal of Verbal Learning and Verbal Behavior* 6 (1967): 855 – 863.

30. Reber, "Implicit Learning of Artificial Grammars."

31. J. R. Saffran, R. Aslin, and E. L. Newport, "Statistical Learning by 8-Month-Old Infants," *Science* 274 (1996): 1926 – 1928.

32. D. L. Schacter and R. L. Buckner, "Priming and the Brain," *Neuron* 20 (1998): 185 – 195.

33. Schacter and Buckner, "Priming and the Brain."

34. A. C. Kay, S. C. Wheeler, J. A. Bargh, and L. Ross, "Material Priming: The Influence of Mundane Physical Objects on Situational Construal and Competitive Behavioral Choice," *Organizational Behavior and Human Decision Processes* 95 (2004): 83 – 96.

35. M. Bateson, D. Nettle, and G. Roberts, "Cues of Being Watched Enhance Cooperation in a Real-World Setting," *Biological Letters* 2 (2006): 412 – 414.

36. R. W. Holland, M. Hendricks, and H. Aarts, "Smells like Clean Spirit," *Psychological Science* 16, no. 9 (2005): 689 – 693.

第 4 章

1. A. Charpentier, "Analyze experimentale quelques de la sensation de poids" [Experimental study of some aspects of weight perception], *Archives de Physiologie Normales et Pathologiques* 3 (1891): 122 – 135.

2. G. Buckingham, "Getting a Grip on Heaviness Perception: A Review of Weight Illusions and Their Possible Causes," *Experimental Brain Research* 232 (2014): 1623 – 1629.

3. A. Clark, "Whatever Next? Predictive Brains, Situated Agents, and the Future of Cognitive Science," *Behavioral and Brain Sciences* 36 (2013): 181 – 253.

4. P. Kok, G. J. Brouwer, M. A. J. Van Gerven, and F. P. de Lange, "Prior Expectations Bias Sensory Representation in Visual Cortex," *Journal of Neuroscience* 33, no. 41 (2013): 16275.

5. H. Helmholtz, *Handbuch der physiologischen optic*, vol. 3 (1860); English translation by J. P. C. Southall (New York: Dover, 1962); R. M. Warren R. P. Warren, *Helmholtz on Perception, Its Physiology and Development* (New York: Wiley, 1968).

6. 图 4 – 1 摘自 E. B. Goldstein, *Cognitive Psychology*, 5th ed. (San Francisco: Cengage, 2019), 65 中图 3 – 7。

7. 图 4 – 2 摘自 Goldstein, *Cognitive Psychology*, 70 中图 3 – 14。

8. Helmholtz, *Handbuch der physiologischen optic*, vol. 3; Warren and Warren, *Helmholtz on Perception*.

9. H. K. Hartline, "The Receptive Fields of Optic Nerve Fibers," *American Journal of Physiology* 130 (1940): 690 – 699.

10. D. H. Hubel and T. N. Wiesel, "Receptive Fields of Single Neurons in the Cat's Striate Cortex," *Journal of Physiology* 148 (1959): 574 – 591; D. H. Hubel and T. N. Wiesel, "Integrative Action in the Cat's Lateral Geniculate Body," *Journal of Physiology* 155 (1961): 385 – 398; D. H. Hubel and T. N. Wiesel, "Receptive Fields and Functional Architecture in Two Non-striate Visual Areas (18 and 19) of the Cat," *Journal of Neurophysiology* 28 (1965): 229 – 289.

11. C. G. Gross, C. E. Rocha-Miranda, and D. B. Bender, "Visual Properties of Neurons in Inferotemporal Cortex of the Macaque,"

Journal of Neurophysiology 5（1972）：96 – 111；N. Kanwisher，"The Ventral Visual Object Pathway in Humans：Evidence from fMRI，" in *The Visual Neurosciences*，ed. L. M. Chalupa and J. S. Werner（Cambridge，MA：MIT Press，2003），1179 – 1190；N. Kanwisher，J. McDermott，and M. M. Chun，"The Fusiform Face Area：A Module in Human Extrastriate Cortex Specialized for Face Perception，" *Journal of Neuroscience* 17（1997）：4302 – 4311；E. T. Rolls and M. J. Tovee，"Sparseness of the Neuronal Representation of Stimuli in the Primate Temporal Visual Cortex，" *Journal of Neurophysiology* 73（1995）：713 –726.

12. R. L. Gregory，*Eye and Brain*（New York：McGraw Hill，1966）.

13. R. L. Gregory，*Eye and Brain*，3rd ed.（New York：McGraw Hill，1978）.

14. R. L. Gregory，*Eye and Brain*，5th ed.（New York：McGraw Hill，1997）.

15. J. Anderson，H. B. Barlow，and R. L. Gregory，"Introduction to 'Knowledge-Based Vision in Man and Machine'：A Discussion Held at the Royal Society，" *Philosophical Transactions of the Royal Society of London B* 352（1997）：1117 – 1120；M. Bar，"Predictions：A Universal Principle in the Operation of the Human Brain：Introduction to Theme Issue 'Prediction in the Brain：Using Our Past to Prepare for the Future,'" *Philosophical Transactions of the Royal Society of London B* 364（2009）：1181 – 1182.

16. M. Bar，"The Proactive Brain：Memory for Predictions，" *Philosophical Transactions of the Royal Society B* 364（2009）：1235 – 1243；A. Bubic，D. Y. von Cramon，and R. I. Schubotz，"Prediction, Cognition and the Brain，" *Frontiers in Human Neuroscience* 4（2010）：article 25；J. Hohwy，The Predictive Mind（New York：Oxford，2013）.

17. A. Oliva and A. Torralba，"The Role of Context in Object Recognition，" *Trends in Cognitive Sciences* 11（2007）：520 – 527.

18. 图 4 – 3 摘自 Oliva and Torralba，"Role of Context."

19. Goldstein, Cognitive Psychology, 5th ed.

20. D. A. Kleffner and V. S. Ramachandran, "On the Perception of Shape from Shading," *Perception and Psychophysics* 52 (1992): 18 – 36.

21. 图 4 – 4 摘自 Goldstein, *Cognitive Psychology*, 5th ed., 75.

22. L. F. Barrett and M. Bar, "See It with Feeling: Affective Predictions during Object Perception," *Philosophical Transactions of the Royal Society B* 364 (2009): 1325.

23. T. Bayes, "An Essay towards Solving a Problem in the Doctrine of Chances," *Philosophical Transactions of the Royal Society of London* 53 (1763): 370 – 418.

24. K. P. Körding and D. M. Wolpert, "Bayesian Decision Theory in Sensorimotor Control," *Trends in Cognitive Science* 10 (2006): 319 – 326; J. B. Tenenbaum, C. Kemp, T. L. Griffiths, and N. D. Goodman, "How to Grow a Mind: Statistics, Structure, and Abstraction," *Science* 331 (2011): 1279 – 1285.

25. A. I. Dale, *A History of Inverse Probability from Thomas Bayes to Karl Pearson*, 2nd ed. (New York: Springer, 1999); G. Westheimer, "Was Helmholtz a Bayesian?" *Perception* 37 (2008): 642 – 650.

26. D. Kersten, P. Mamassian, and A. Yuille, "Object Perception as Bayesian Inference," *Annual Review of Psychology* 55 (2004): 271 – 304; D. C. Knill and A. Pouget, "The Bayesian Brain: The Role of Uncertainty in Neural Coding and Computation," *Trends in Neurosciences* 27 (2004): 712 – 719; D. C. Knill and W. Richards, *Perception and Bayesian Inference* (Cambridge: Cambridge University Press, 1996).

27. Kersten, Mamassian, and Yuille, "Object Perception as Bayesian Inference."

28. J. S. Bowers and C. J. Davis, "Bayesian Just-So Stories in Psychology and Neuroscience," *Psychological Bulletin* 138 (2012): 389 – 414.

29. M. Bar, "The Proactive Brain: Using Analogies and Associations to Generate Predictions," *Trends in Cognitive Sciences* 11 (2007): 280 – 289; P. Kok, G. J. Brouwer, M. A. J. Van Gerven, and F. P. de Lange, "Prior Expectations Bias Sensory Representations in Visual Cortex," *Journal of Neuroscience* 33 (2013): 16275 – 16284; A. Pouget, J. M. Beck, W. J. Ma, and P. E. Latham, "Probabilistic Brains: Knowns and Unknowns," *Nature Neuroscience* 16 (2013): 1170 – 1178.

30. M. Bar, K. S. Kassam, A. S. Ghuman, J. Boshyan, A. M. Schmid, A. M. Dale, M. S. Hamalainen, K. Marinkovic, D. L. Schacter, B. R. Rosen, and E. Halgren, "Top-Down Facilitation of Visual Recognition," *Proceedings of the National Academy of Sciences* 103 (2006): 449 – 454.

31. W. Schultz, P. Dayan, and P. R. Montague, "A Neural Substrate of Prediction and Reward," *Science* 275 (1997): 1593 – 1599.

32. T. Meyer and C. R. Olson, "Statistical Learning of Visual Transitions in Monkey Inferotemporal Cortex," *Proceedings of the National Academy of Sciences* 108 (2011): 19401 – 19406; T. Meyer, S. Ramachandran, and C. R. Olson, "Statistical Learning of Serial Visual Transitions by Neurons in Monkey Inferotemporal Cortex," *Journal of Neuroscience* 34 (2014): 9332 – 9337.

33. A. Alink, C. M. Schwiedrzik, A. Kohler, W. Singer, and L. Muckli, "Stimulus Predictability Reduces Responses in Primary Visual Cortex," *Journal of Neuroscience* 30 (2010): 2960 – 2966; A. Brodski, G. -F. Paasch, S. Helbling, and M. Wibral, "The Faces of Predictive Coding," *Journal of Neuroscience* 35 (2015): 8997 – 9006.

34. H. E. M. den Ouden, P. Kok, and F. P. de Lange, "How Prediction Errors Shape Perception, Attention, and Motivation," *Frontiers of Psychology* 3 (2012): article 548; M. F. Panichello, O. S. Cheung, and M. Bar, "Predictive Feedback and Conscious Visual Experience," *Frontiers in Psychology* 3 (2013): article 620.

35. Clark, "Whatever Next?"; J. Koster-Hale and R. Saxe, "Theory of

Mind: A Neural Prediction Problem," *Neuron* 79 (2013): 836 – 838.

36. R. P. N. Rao and D. H. Ballard, "Predictive Coding in the Visual Cortex: A Functional Interpretation of Some Extra-Classical Receptive Field Effects," *Nature Neuroscience* 2 (1999): 79 – 87; A. K. Seth, "Interoceptive Inference, Emotion, and the Embodied Self," *Trends in Cognitive Sciences* 17 (2013): 565 – 573.

37. Barrett and Bar, "See It with Feeling"; K. Friston and S. Kiebel, "Predictive Coding under the Free-Energy Principle," *Transactions of the Royal Society B* 364 (2009): 1211 – 1221.

38. A. Clark, "Whatever Next?"; R. P. N. Rao and D. H. Ballard, "Predictive Coding in the Visual Cortex: A Functional Interpretation of Some Extra-Classical Receptive Field Effects," *Nature Neuroscience* 2 (1999): 79 – 87.

39. A. Clark, *Surfing Uncertainty* (New York: Oxford University Press, 2016).

40. 图 4 – 6 摘自 E. B. Goldstein, *Sensation and Perception*, 9th ed. (Boston: Cengage, 2014) 中图 6 – 2, 经 John Henderson 许可。

41. J. M. Henderson, "Gaze Control as Prediction," *Trends in Cognitive Sciences* 21 (2017): 15 – 23.

42. J. Jovancevic-Misic and M. Hayhoe, "Adaptive Gaze Control in Natural Environments," *Journal of Neuroscience* 29 (2009): 6234 – 6238; Henderson, "Gaze Control as Prediction."

43. M. L. H. Võ and J. M. Henderson, "Does Gravity Matter? Effects of Semantic and Syntactic Inconsistencies on the Allocation of Attention during Scene Perception," *Journal of Vision* 9 (2009): 24.1 – 24.15.

44. M. Hayhoe and D. Ballard, "Eye Movements in Natural Behavior," *Trends in Cognitive Sciences* 9 (2005): 188 – 193; M. F. Land and M. Hayhoe, "In What Ways Do Eye Movements Contribute to Everyday Activities?" *Vision Research* 41 (2001): 3559 – 3565; B. W. Tatler, M. M. Hayhoe, M. F. Land, and D. H. Ballard, "Eye Guidance in

Natural Vision: Reinterpreting Salience," *Journal of Vision* 11 (2011): 1 – 23.

45. R. W. Sperry, "Neural Basis of the Spontaneous Optokinetic Response Produced by Visual Inversion," *Journal of Comparative and Physiological Psychology* 43 (1950): 482 – 489; E. von Holst and H. Mittelstaedt, "Das Reafferenzprinzip: Wechselwirkungen zwischen Zentralnervensystem und Peripherie," *Naturwissenschaften* 37 (1950): 464 – 476.

46. M. A. Sommer and R. H. Wurtz, "A Pathway in Primate Brain for Internal Monitoring of Movements," *Science* 296 (2002): 1480 – 1482; M. A. Sommer and R. H. Wurtz, "Brain Circuits for the Internal Monitoring of Movements," *Annual Review of Neuroscience* 31 (2008): 317 – 338; R. W. Wurtz, "Corollary Discharge in Primate Vision," *Scholarpedia* 8, no. 10 (2013): 12335. 与图 4 – 7 相比,这些文献资料提供了更多关于伴随放电的细节。这些更为复杂的解释涉及"比较器"(comparator)的概念,比较器由多个大脑结构构成,既接收视觉/听觉/体感信号,也接收伴随放电信号。而后比较器生成的信号将影响知觉。

47. R. W. Wurtz, K. McAlonan, J. Cavanaugh, and R. A. Berman, "Thalamic Pathways for Active Vision," *Trends in Cognitive Sciences* 15 (2011): 177 – 184; Wurtz, "Corollary Discharge in Primate Vision."

48. J. F. A. Poulet and B. Hedwig, "A Corollary Discharge Maintains Auditory Sensitivity during Sound Production," *Nature* 418 (2002): 872 – 876; J. F. A. Poulet and B. Hedwig, "Corollary Discharge Inhibition of Ascending Auditory Neurons in the Stridulating Cricket," *Journal of Neuroscience* 23 (2003): 4717 – 4725.

49. P. M. Bays, J. R. Flanagan, and D. M. Wolpert, "Attenuation of SelfGenerated Tactile Sensations Is Predictive, Not Postdictive," *PLoS Biology* 4, no. 2 (2006): 281 – 284.

50. S. -J. Blakemore, C. D. Frith, and D. M. Wolpert, "Spatio-temporal Prediction Modulates the Perception of Self-Produced Stimuli," *Journal*

of Cognitive Neuroscience 11 (1999): 551 – 559.

51. S. -J. Blakemore, D. M. Wolpert, and C. D. Frith, "Central Cancellation of Self-Produced Tickle Sensation," *Nature Neuroscience* 1 (1998): 635 – 640.

52. D. M. Wolpert and J. R. Flanagan, "Motor Prediction," *Current Biology* 11 (2001): R729 – R732.

53. H. Scherberger, R. Q. Quiroga, and R. A. Anderson, "Coding of Movement Intentions," in *Principles of Neural Coding*, ed. R. Q. Quiroga and S. Panzeri (Taylor & Francis, 2013), 303 – 321.

54. P. Fattori, V. Raos, R. Breveglieri, A. Bosco, N. Marzocchi, and C. Galletti, "The Dorsomedial Pathway Is Not Just for Reaching: Grasping Neurons in the Medial Parieto-Occipital Cortex of the Macaque Monkey," *Journal of Neuroscience* 30 (2010): 342 – 349.

55. Wolpert and Flanagan, "Motor Prediction."

第 5 章

1. A. Straub, "The Effect of Lexical Predictability on Eye Movements in Reading: Critical Review and Theoretical Interpretation," *Language and Linguistic Compass* 9, no. 8 (2015): 311 – 327.

2. K. Rayner, T. J. Slattery, D. Drieghe, and S. P. Liversedge, "Eye Movements and Word Skipping during Reading: Effects of Word Length and Predictability," *Journal of Experimental Psychology: Human Perception and Performance* 37 (2011): 514 – 528.

3. Rayner et al. , "Eye Movements and Word Skipping during Reading."

4. G. T. M. Altmann and Y. Kamide, "Incremental Interpretation at Verbs: Restricting the Domain of Subsequent Reference," *Cognition* 73 (1999): 247 – 264. 图 5 – 1 摘自 E. B. Goldstein, *Cognitive Psychology*, 5th ed. (Boston: Cengage, 2019).

5. 图 5 - 2 摘自 K. A. De Long, T. P. Urbach, and M. Kutas, "Probabilistic Word Pre-activation during Language Comprehension Inferred from Electrical Brain Activity," *Nature Neuroscience* 8 (2005): 1117 - 1121; K. D. Federmeier, "Thinking Ahead: The Role and Roots of Prediction in Language Comprehension," *Psychophysiology* 44 (2007): 491 - 505; A. D. Patel and E. Morgan, "Exploring Cognitive Relations between Prediction in Language and Music," *Cognitive Science* 41 (2016): 303 - 320.

6. A. E. Kim, L. D. Oines, and L. Sikos, "Prediction during Sentence Comprehension Is More Than a Sum of Lexical Associations: The Role of Event Knowledge," *Language, Cognition, and Neuroscience* 31 (2015): 597 - 601.

7. C. Clifton, M. J. Traxler, M. T. Mohamed, R. S. Williams, R. K. Morris, and K. Rayner, "The Use of Thematic Role Information in Parsing: Syntactic Processing Autonomy Revisited," *Journal of Memory and Language* 49 (2003): 317 - 334.

8. G. R. Kuperberg and T. F. Jaeger, "What Do We Mean by Prediction in Language Comprehension?" *Language, Cognition and Neuroscience* 31 (2015): 32 - 59.

9. T. G. Bever, "The Cognitive Basis for Linguistic Structures," in *Cognition and the Development of Language*, ed. J. R. Hayes (New York: Wiley, 1970), 279 - 362.

10. S. Koelsch, P. Vuust, and K. Friston, "Predictive Processes and the Peculiar Case of Music," *Trends in Cognitive Sciences* 23 (2018): 63 - 77.

11. P. Vuust and M. A. G. Witek, "Rhythmic Complexity and Predictive Coding: A Novel Approach to Modeling Rhythm and Meter Perception in Music," *Frontiers in Psychology* 5 (2014): article 1111.

12. 图 5 - 3 摘自 T. Fujioka, L. J. Trainor, E. W. Large, and B. Ross, "Internalized Timing of Isochronous Sounds Is Represented in Neuromagnetic Beta Oscillations," *Journal of Neuroscience* 32 (2012):

1791 – 1802; Merchant et al. , "Finding the Beat. "

13. H. Merchant, J. Grahn, L. Trainor, M. Rohmeier, and W. T. Fitch, "Finding the Beat: A Neural Perspective across Humans and Nonhuman Primates," *Philosophical Transactions of the Royal Society B* 370 (2015): 20140093.

14. P. Vuust, M. J. Dietz, M. Witek, and M. L. Kringelbach, "Now You Hear It: A Predictive Coding Model for Understanding Rhythmic Incongruity," *Annals of the New York Academy of Sciences* 1423 (2018), 19 – 29.

15. 图 5 – 4 摘自 P. Vuust, L. Ostergaard, K. J. Pallesen, C. Bailey, and A. Roepstorff, "Predictive Coding of Music: Brain Responses to Rhythmic Incongruity," *Cortex* 45 (2009): 80 – 92.

16. P. Janata, S. T. Tomic, and J. M. Haberman, "Sensorimotor Coupling in Music and the Psychology of the Groove," *Journal of Experimental Psychology: General* 14 (2011): 54 – 75; D. J. Levitin, J. A. Grahn, and J. London, "The Psychology of Music: Rhythm and Movement," *Annual Review of Psychology* 69 (2018).

17. Vuust et al. , "Predictive Coding of Music. "

18. S. Koelsch, P. Vuust, and K. Friston, "Predictive Processes and the Peculiar Case of Music," *Trends in Cognitive Sciences* 23 (2018): 63 – 77; M. A. Rohrmeier and S. Koelsch, "Predictive Information Processing in Music Cognition: A Critical Review," *Internal Journal of Psychophysiology* 83 (2012): 164 – 175.

19. D. Deutsch, "Speaking in Tones," *Scientific American Mind*, July – August 2010, 36 – 43.

20. A. D. Patel, "Sharing and Nonsharing of Brain Resources for Language and Music," in *Language, Music, and the Brain*, ed. M. A. Arbib (Cambridge, MA: MIT Press, 2013), 329 – 355.

21. C. L. Krumhansl, "Perceiving Tonal Structure in Music," *American Scientist* 73 (1985): 371 – 378.

22. 图 5 – 5 摘自 A. D. Patel, E. Gibson, J. Ratner, M. Besson, and P. J. Holcomb, "Processing Syntactic Relations in Language and Music: An Event-Related Potential Study," *Journal of Cognitive Neuroscience* 10 (1998): 717 – 733. See also S. Koelsch, S. Kilches, N. Steinbeis, and S. Schelinki, "Effects of Unexpected Chords and of Performer's Expression on Brain Responses and Electrodermal Activity," *PLoS One* 3, no. 7 (2007): e2631.

23. S. Koelsch, "Neural Substrates of Processing Syntax and Semantics in Music," *Current Opinion in Neurobiology* 15 (2005): 207 – 212; S. Koelsch, T. Gunter, A. D. Friederici, and E. Schroger, "Brain Indices of Music Processing: 'Nonmusicians' Are Musical," *Journal of Cognitive Neuroscience* 12 (2000): 520 – 541; B. Maess, S. Koelsch, T. C. Gunter, and A. D. Friederici, "Musical Syntax Is Processed in Broca's Area: An MEG Study," *Nature Neuroscience* 4 (2001): 540 – 545; Vuust et al., "Predictive Coding of Music."

24. A. R. Fogel, J. C. Rosenberg, F. M. Lehman, G. R. Kuperberg, and A. D. Patel, "Studying Musical and Linguistic Prediction in Comparable Ways: The Melodic Cloze Probability Method," *Frontiers in Psychology* 6 (2015): article 1718, 数据摘自图 7。

25. D. Gilbert and T. D. Wilson, "Why the Brain Talks to Itself: Sources of Error in Emotional Prediction," *Philosophical Transactions of the Royal Society B* 364 (2009): 1335 – 1341.

26. D. J. Simons and C. F. Chabris, "What People Believe about How Memory Works: A Representative Survey of the U. S. Population," *PLoS One* 6, no. 8 (2011): e22757.

27. F. C. Bartlett, *Remembering: A Study in Experimental and Social Psychology* (Cambridge: Cambridge University Press, 1932).

28. W. F. Brewer and J. C. Treyens, "Role of Schemata in Memory for Places," *Cognitive Psychology* 13 (1981): 207 – 230.

29. G. Kim, J. A. Lewis-Peacock, K. A. Norman, and N. B. Turk-Browne, "Pruning of Memories by Context-Based Prediction," *Proceedings of the National Academy of Sciences* 111 (2014): 8997 – 9002.

30. M. Vlascenau, R. Drach, and A. Coman, "Suppressing My Memories by Listening to Yours: The Triggered Context-Based Prediction Error on Memory," *Psychonomic Bulletin and Review* (2018), https://doi. org/ 10. 3758/S13423-018-1481-2.

31. Gilbert and Wilson, "Why the Brain Talks to Itself."

32. D. L. Schacter and D. R. Addis, "The Cognitive Neuroscience of Constructive Memory: Remembering the Past and Imagining the Future," *Philosophical Transactions of the Royal Society of London B* 362 (2007): 773 – 786.

33. D. R. Addis, L. Pan, M. -A. Vu, N. Laiser, and D. L. Schacter, "Constructive Episodic Simulation of the Future and the Past: Distinct Subsystems of a Core Brain Network Mediate Imagining and Remembering," *Neuropsychologia* 47 (2009): 2222 – 2238; D. R. Addis, A. T. Wong, and D. L. Schacter, "Remembering the Past and Imagining the Future: Common and Distinct Neural Substrates during Event Construction and Elaboration," *Neuropsychologia* 45 (2007): 1363 – 1377.

34. Addis, Wong, and Schacter, "Remembering the Past"; D. Hassabis, D. Kumaran, S. D. Vann, and E. A. Maguire, "Patients with Hippocampal Amnesia Cannot Imagine New Experiences," *Proceedings of the National Academy of Sciences* 104 (2007): 1726 – 1731; S. L. Mullally and F. A. Maguire, "Memory, Imagination and Predicting the Future: A Common Brain Mechanism?" *Neuroscientist* 20 (2014): 220 –234.

35. D. L. Schacter, "Adaptive Constructive Processes and the Future of Memory," *American Psychologist* 67 (2012): 603 – 613.

36. E. C. Brown and M. Brüne, "The Role of Prediction in Social

Neuroscience," *Frontiers in Human Neuroscience* 6 (2012): article 147, p. 12.

37. Brown and Brüne, "Role of Prediction," 12.

38. D. I. Tamir and M. A. Thornton, "Modeling the Predictive Social Mind," *Trends in Cognitive Sciences* 22 (2017): 201 - 212.

39. D. Premack and G. Woodruff, "Does the Chimpanzee Have a Theory of Mind?" *Behavior and Brain Sciences* 4 (1978): 515.

40. S. Baron-Cohen, A. M. Leslie, and U. Frith, "Does the Autistic Child Have a 'Theory of Mind'?" *Cognition* 21 (1985): 37 - 46.

41. M. Dolan and R. Fullam, "Theory of Mind and Mentalizing Ability in Antisocial Personality Disorders with and without Psychopathy," *Psychological Medicine* 34 (2004): 1093 - 1102; C. D. Frith and U. Frith, "How We Predict What Other People Are Going to Do," *Brain Research* 1079 (2006): 36 - 46; C. I. Hooker, S. C. Verosky, L. T. Germine, R. T. Knight, and M. D'Esposito, "Mentalizing about Emotion and Its Relationship to Empathy," *SCAN* 3 (2008): 204 - 217. 关于心理化和心理理论的细微区别,参阅 R. M. Carter and S. A. Hiettel, "A Nexus Model of the Temporal-Parietal Junction," *Trends in Cognitive Neuroscience* 17 (2013): 328 - 336.

42. R. Saxe and N. Kanwisher, "People Thinking about Thinking People: The Role of the Temporo-Parietal Junction in 'Theory of Mind,'" *NeuroImage* 19 (2003): 1835 - 1842.

43. 图 5 - 6 摘自 F. V. Van Overwalle and K. Baetens, "Understanding Others' Actions and Goals by Mirror and Mentalizing Systems: A Meta-analysis," *NeuroImage* 48 (2009): 564 - 584 中图 2。

44. C. D. Frith and U. Frith, "The Neural Basis of Mentalizing," *Neuron* 50 (2006): 531 - 534; K. M. Ingelstrom, T. W. Webb, Y. T. Kelly, and M. S. A. Graziano, "Topographical Organization of Attentional, Social, and Memory Processes in the Human Temporoparietal Cortex," *eNeuro* 3, no. 2 (2016): e0060 - 16. 2016 1 - 12; Koster-Hale and Saxe,

"Theory of Mind"; R. Saxe, "Uniquely Human Social Cognition," *Current Opinion in Neurobiology* 16 (2006): 235 - 239; F. V. Van Overwalle, "A Dissociation between Social Mentalizing and General Reasoning," *NeuroImage* 54 (2011): 1589 - 1599; F. V. Van Overwalle and K. Baetens, "Understanding Others' Actions and Goals by Mirror and Mentalizing Systems: A Meta-Analysis," *NeuroImage* 48 (2009): 564 - 584.

45. R. Kanai, B. Bahrami, R. Roylance, and G. Rees, "Online Social Network Size Is Reflected in Human Brain Structure," *Proceedings of the Royal Society B* 279 (2012): 1327 - 1334; J. Powell, P. A. Lewis, N. Roberts, M. Garcia-Fiñana, and R. I. M. Dunbar, "Orbital Prefrontal Cortex Volume Predicts Social Network Size: An Imaging Study of Individual Differences in Humans," *Proceedings of the Royal Society B* 279 (2012): 2157 - 2162.

46. F. Heider and M. Simmel, "An Experimental Study of Apparent Behavior," *American Journal of Psychology* 57 (1944): 243 - 259.

47. Castelli, F. Happe, U. Frith, and C. Frith, "Movement and Mind: A Functional Imaging Study of Perception and Interpretation of Complex Intentional Movement Patterns," *NeuroImage* 12 (2000): 314 - 325; A. Martin and J. Weisberg, "Neural Foundations for Understanding Social and Mechanical Concepts," *Cognitive Neuropsychology* 20 (2003): 575 - 587.

48. A. Cavallo, A. Koul, C. Ansuini, F. Capozzi, and C. Becchio, "Decoding Intentions from Movement Kinematics," *Science Reports* 6 (2016): 37036; A. Koul, A. Cavallo, F. Cauda, T. Costa, M. Diano, M. Pontil, and C. Becchio, "Action Observation Areas Represent Intentions from Subtle Kinematic Features," *Cerebral Cortex* 28 (2018): 2647 - 2654.

49. M. Iacoboni, I. Molnar-Szakacs, V. Gallese, G. Buccino, J. C. Mazziotta, and G. Rizzolatti, "Grasping the Intentions of Others with One's Own Mirror Neuron System," *PLoS Biology*, 3, no. 3 (2005): e79.

50. G. Di Pellegrino, L. Fadiga, L. Fogassi, V. Gallese, and G. Rizzolatti, "Understanding Motor Events: A Neurophysiological Study," *Experimental Brain Research* 91 (1992): 176 – 180; G. Rizzolatti and C. Sinigaglia, "The Mirror Mechanism: A Basic Principle of Brain Function," *Nature Reviews Neuroscience*, 17 (2016): 757 – 765.

51. Frith and Frith, "How We Predict What Other People Are Going to Do"; C. Keysers, B. Wicker, V. Gazzola, J.-L. Anton, L. Fogassi, and V. Gallese, "A Touching Sight: SII/PV Activation during the Observation and Experience of Touch," *Neuron* 42 (2004): 335 – 346; T. Singer, B. Seymour, J. O'Doherty, H. Kaube, R. J. Dolan, and C. D. Frith, "Empathy for Pain Involves the Affective but Not Sensory Components of Pain," *Science* 303 (2004): 1157 – 1162.

52. Koul et al., "Action Observation Areas Represent Intentions."

53. Iacoboni et al., "Grasping the Intentions of Others."

54. V. Gallese and C. Sinigaglia, "What Is So Special about Embodied Simulation?" Trends in *Cognitive Sciences*, 15 (2011): 512 – 519; G. Rizzolatti and C. Sinigaglia, "The Mirror Mechanism: A Basic Principle of Brain Function," *Nature Reviews Neuroscience* 17 (2016): 757 – 765; R. Saxe, "Uniquely Human Social Cognition,." *Current Opinion in Neurobiology* 16 (2006): 235 – 239.

55. L. Cattaneo and G. Rizzolatti, "The Mirror Neuron System," *Neurological Review* 66 (2009): 557 – 560; Rizzolatti and Sinigaglia, "The Mirror Mechanism." 对镜像神经元的质疑见 G. Hickock, (2008). "Eight Problems for the Mirror Neuron Theory of Action Understanding in Monkeys and Humans," *Journal of Cognitive Neuroscience* 21 (2008): 1229 – 1243; B. Thomas, "What's So Special about Mirror Neurons?" *Scientific American*, November 6, 2012.

56. R. Lemon, "Is the Mirror Cracked?" Brain 138 (2015): 2109 – 2110.

57. R. P. Spunt and M. D. Lieberman, "The Busy Social Brain: Evidence for Automaticity and Control in the Neural Systems Supporting Social

Cognition and Action Understanding," *Psychological Science* 24 (2013): 80 – 86.

58. Koster-Hale and Saxe, "Theory of Mind."

59. A. Clark, "A Nice Surprise? Predictive Processing and the Active Pursuit of Novelty," *Phenomenology and Cognitive Science* 17 (2018): 521 – 534; J. Kiverstein, M. Miller, and E. Rietveld, "The Feeling of Group: Novelty, Error Dynamics, and the Predictive Brain," *Synthese* (2017): 1 – 23.

60. S. Koelsch, P. Vuust, and K. Friston, "Predictive Processes and the Peculiar Case of Music," *Trends in Cognitive Sciences* 23 (2019): 6377.

第 6 章

1. C. S. Sherrington, *Man and His Nature* (New York: Cambridge University Press, 1942), 178.

2. P. Corsi, *The Enchanted Loom: Chapters in the History of Neuroscience* (New York: Oxford University Press, 1991); R. Cotterill, *Enchanted Looms: Conscious Networks in Brains and Computers* (New York: Cambridge University Press, 1998); R. Jastrow, *The Enchanted Loom: Mind in the Universe* (New York: Simon & Schuster, 1981). "神奇织布机"和"闪光的飞梭"的提法源于 19 世纪一种叫"提花织布机"的设备,其使用穿孔卡片系统控制,可纺织复杂的图案花色,而穿孔卡片在 20 世纪 70 年代也被用于为计算机编程。S. Finger, *Minds behind the Brain* (New York: Oxford University Press, 1999).

3. O. Sporns, "Cerebral Cartography and Connectomics," *Philosophical Transactions of the Royal Society B* 370 (2015): 1 – 12, 2.

4. O. Sporns, G. Tononi, and R. Kotter, "The Human Connectome: A Structural Description of the Human Brain," *PLoS Computational Biology* 1, no. 4 (2005): 245 – 251.

5. Sporns, Tononi, and Kotter, "The Human Connectome," 245.

6. A. Baronchelli, R. Ferrer-i-Cancho, R. Pastor-Satorras, N. Chater, and M. H. Christiansen, "Networks in Cognitive Science," *Trends in Cognitive Sciences* 17, no. 7 (2013): 348 – 360, 349.

7. M. F. Glaser, S. M. Smith, D. S. Marcus, J. L. R. Anderson, E. J. Aurbach, T. E. J. Behrens, T. S. Coalson, M. P. Harms., M. Jenkinson, S. Moeller, et al. "The Human Connectome Project's Neuroimaging Approach," *Nature Neuroscience* 19, no. 9 (2016): 1175 – 1187.

8. 图 6 – 1 摘自 F. Calamante, R. A. J. Masterton, J. D. Tournier, R. E. Smith, L. Willats, D. Raffelt, and A. Connelly, "Track-Weighted Functional Connectivity (TW-FC): A Tool for Characterizing the Structural Functional Connections in the Brain," *NeuroImage* 70 (2013): 199 – 210. 同见 S. L. Bressler and V. Menon, "Large-Scale Brain Networks in Cognition: Emerging Methods and Principles," *Trends in Cognitive Sciences* 14 (2010): 277 – 290; O. Sporns, "Cerebral Cartography and Connectomics," *Philosophical Transactions of the Royal Society B* 370 (2015): 20140173.

9. 图 6 – 2 摘自 Goldstein, *Cognitive Psychology*, 5th ed 中图 2 – 27, 同见 B. Biswal, F. Z. Yetkin, V. M. Haughton, and J. S. Hyde, "Functional Connectivity in the Motor Cortex of Resting Human Brain Using Echo-Planar MRI," *Magnetic Resonance in Medicine* 34 (1995): 537 – 541.

10. 图 6 – 3 摘自 D. L. Zabelina and J. R. Andrews-Hanna, "Dynamic Network Interactions Supporting Internally-Oriented Cognition," *Current Opinion in Neurobiology* 40 (2016): 96 – 93. 表 6 – 1 摘自 Zabelina and Andrews-Hanna, "Dynamic Network Interactions Supporting Internally-Oriented Cognition"; D. M. Barch, "Brain Network Interactions in Health and Disease," *Trends in Cognitive Sciences* 17, no. 12 (2013): 603 – 605; Bressler and Menon, "Large-Scale Brain Networks in Cognition"; R. L. Buckner and F. M. Krienen, "The Evolution of Distributed Association Networks in the Human Brain," *Trends in Cognitive Sciences* 17 (2013): 648 – 665; M. E. Raichle,

"The Restless Brain," Brain Connectivity 1, no. 1 (2011): 3 – 12.

11. G. Zeng, D. Li, S. Guo, L. Gao, Z. Gao, H. E. Stanley, and S. Havlin, "Switch between Critical Percolation Modes in City Traffic Dynamics," *Proceedings of the National Academy of Sciences* 116, no. 1 (2019): 23 – 28.

12. M. P. Van den Heuvel and H. E. H. Pol, "Exploring the Brain Network: A Review on Resting-State fMRI Functional Connectivity," *European Neuropsychopharmacology* 20 (2010): 519 – 534.

13. D. S. Bassett and O. Sporns, "Network Neuroscience," *Nature Neuroscience* 20 (2017): 353 – 364; O. Sporns, "Graph Theory Methods: Applications in Brain Networks," *Dialogues in Clinical Neuroscience* 20 (2018): 111 – 120; G. S. Wig, B. L. Schlaggar, and S. E. Petersen, "Concepts and Principles in the Analysis of Brain Networks," *Annals of the New York Academy of Sciences* 1224 (2011): 126 – 146.

14. 图 6 – 4b 和 6 – 4c 摘自 K. J. Friston, "Functional and Effective Connectivity: A Review," *Brain Connectivity* 1 (2011): 32 中图 10。

15. B. J. Shannon, A. Desenbach, Y. Su. , A. G. Vlassenko, L. J. LarsonPrior, T. S. Nolan, A. Z. Snyder, and M. E. Raichle, "Morning-Evening Variation in Human Brain Metabolism and Memory Circuits," *Journal of Neurophysiology* 109 (2013): 1444 – 1456.

16. R. A. Poldrack, T. O. Laumann, O. Koyejo, B. Gregory, A. Hover, M. -Y. Chen, K. J. Gorgolewski, J. Luci, S. J. Joo, R. L. Boyd, et al. , "Long-Term Neural and Physiological Phenotyping of a Single Brain," *Nature Communications* 6 (2015): 1 – 15. 图 6 – 5 摘自文中图 4。

17. M. E. Raichle, A. M. MacLeod, A. Z. Snyder, W. J. Powers, D. A. Gusnard. , and G. L. Shulman, "A Default Mode of Brain Function," *Proceedings of the National Academy of Sciences* 98, no. 2 (2001): 676 – 682.

18. M. A. Killingsworth and D. T. Gilbert, "A Wandering Mind Is an

Unhappy Mind," *Science* 330 (2010): 932.

19. E. Barron, L. M. Riby, L. Greer, and J. Smallwood, "Absorbed in Thought: The Effect of Mind Wandering on the Processing of Relevant and Irrelevant Events," *Psychological Science* 22, no. 5 (2011): 596 – 601; C. Gil-Jardiné, M. Née, E. Lagarde, J. Schooler, B. Contrand, L, Orriols, and C. Galera, "The Distracted Mind on the Wheel: Overall Propensity to Mind Wandering Is Associated with Road Crash Responsibility," *PLoS One* 12, no. 8 (2017): 1 – 10; J. Smallwood, "Mind-Wandering While Reading: Attentional Coupling, Mindless Reading and the Cascade Model of Inattention," *Language and Linguistics Compass* 5 (2011): 63 – 77; J. Smallwood, E. Beach, J. W. Schooler, and T. Handy, "Going AWOL in the Brain: Mind Wandering Reduces Cortical Analysis of External Events," *Journal of Cognitive Neuroscience* 20, no. 3 (2008): 458 – 469.

20. B. Baird, J. Smallwood, M. D. Mrazek, J. W. Y. Kam, M. S. Franklin, and J. W. Schooler, "Inspired by Distraction: Mind Wandering Facilitates Creative Incubation," *Psychological Science* 23, no. 10 (2012): 1117 – 1122.

21. M. W. Franklin, M. D. Mrazek, C. L. Anderson, J. Smallwood, A. Kingstone, and J. W. Schooler, "The Silver Lining of a Mind in the Clouds: Interesting Musings Are Associated with Positive Mood While MindWandering," *Frontiers in Psychology* 4 (2013): article 583; G. L. Poerio, P. Totterdell, L. -M. Emerson, and E. Miles, "Love Is the Triumph of the Imagination: Daydreams about Significant Others Are Associated with Increased Happiness, Love and Connection," *Consciousness and Cognition* 33 (2015): 135 – 144.

22. B. Baird, J. Smallwood. , and J. W. Schooler, "Back to the Future: Autobiographical Planning and the Functionality of Mind-Wandering," *Consciousness and Cognition* 20 (2011): 1604 – 1611; D. Stawarczyk, H. Cassol, and A. D'Argembeau, "Phenomenology of Future-Oriented Mind-Wandering Episodes," *Frontiers in Psychology* 4 (2013): article 425.

23. K. Christoff, A. M. Gordon, J. Smallwood, R. Smith, and J. Schooler, "Experience Sampling during fMRI Reveals Default Network and Executive System Contributions to Mind Wandering," *Proceedings of the National Academy of Sciences* 106 (2009): 8719–8724.

24. R. E. Beaty, M. Benedek, R. W. Wilkins, E. Jauk, A. Fink, P. J,. Silviam, D. A. Hodges, K. Koschutnig, and A. C. Neubauer, "Creativity and the Default Network: A Functional Connectivity Analysis of the Creative Brain at Rest," *Neuropsychologia* 64 (2014): 94.

25. N. Bar, "Intuition, Reason and Creativity," in *The New Reflectionism in Cognitive Psychology: Why Reason Matters*, ed. G. Pennycook (Routledge, 2018); R. E. Jung, B. S. Mead, J. Carrasco, and R. A. Flores, "The Structure of Creative Cognition in the Human Brain," *Frontiers in Human Neuroscience* 7 (2013): article 330; N. Mayseless, A. Eran, and S. G. Shamay-Tsoory, "Generating Original Ideas: The Neural Underpinnings of Originality," *NeuroImage* 116 (2015): 232–239.

26. Beaty et al., "Creativity and the Default Network," 94; R. E. Beaty, M. Benedek, S. B. Kaufman, and P. J. Silvia, "Default and Executive Network Coupling Supports Creative Idea Production," *Scientific Reports* 5 (2015): 1–14.

27. Beaty et al., "Creativity and the Default Network," 94.

28. R. E. Beaty, M. Benedek, P. J. Silvia, and D. L. Schacter, "Creative Cognition and Brain Network Dynamics," *Trends in Cognitive Sciences* 20, no. 2 (2016): 87–95.

29. M. Ellamil, C. Dobson, M. Beeman, and K. Christoff, "Evaluative and Generative Modes of Thought during the Creative Process," *NeuroImage* 59 (2012): 1783–1794.

30. Zabelina and Andrews-Hanna, "Dynamic Network Interactions"; Beaty

et al. , "Creative Cognition and Brain Network Dynamics"; Ellamil et al. , "Evaluative and Generative Modes of Thought. "

31. Beaty et al. , "Default and Executive Network Coupling. " 图 6 – 6 摘自文中图 5。

32. R. Schmälzle, M. B. O'Donnell, J. O. Garia, C. N. Cascio, J. Bayer, D. S. Bassett, J. M. Vettel, and E. B. Falk, " Brain Connectivity Dynamics during Social Interaction Reflect Social Network Structure," *Proceedings of the National Academy of Sciences* 114, no. 20 (2017): 5153 – 5158.

33. 图 6 – 7 摘自 Schmälzle et al. , "Brain Connectivity Dynamics" 中图 1。

34. N. I. Eisenberger, "The Pain of Social Disconnection: Examining the Shared Neural Underpinnings of Physical and Social Pain," *Nature Reviews Neuroscience* 13 (2012): 421 – 434.

35. D. Alcala-Lopez, J. Smallwood, E. Jefferies, F. Van Overwalle, K. Vogeley, R. B. Mars, B. I. Turetsky, et al. , "Computing the Social Brain Connectome across Systems and States," *Cerebral Cortex* 28 (2018): 2207 – 2232; Kanai et al. , "Online Social Network Size. "

36. J. Powell, P. A. Lewis, N. Roberts, M. Garcia-Finana, and R. I. M. Dunbar, " Orbital Prefrontal Cortex Volume Predicts Social Network Size: An Imaging Study of Individual Differences in Humans," *Proceedings of the Royal Society B* 279 (2012): 2157 – 2162.

37. U. Hassan, A. A. Ghazanfar, B. Galantucci, S. Garrod, and C. Keysers, "Brain-to-Brain Coupling: A Mechanism for Creating and Sharing a Social World," *Trends in Cognitive Sciences* 16 (2012): 114 – 121; M. D. Liberman, " Birds of a Feather Synchronize Together," *Trends in Cognitive Sciences* 22 (2018): 371 – 372; C. Parkinson, A. M. Kleinbaum, and T. Wheatley, "Similar Neural Responses Predict Friendship," *Nature Communications* 9, no. 322 (2018): 1 – 14.

38. L. Geerligs, R. J. Benken, E. Saliasi, N. M. Maurits, and M. M. Lorist,

"A Brain-Wide Study of Age-Related Changes in Functional Connectivity," *Cerebral Cortex* 25 (2015): 1987 – 1999.

39. Beaty et al., "Creativity and the Default Network," 94; Beaty et al., "Default and Executive Network Coupling."

40. Schmälzle et al., "Brain Connectivity Dynamics."

41. Shannon et al., "Morning-Evening Variation."

42. Poldrack et al., "Long-Term Neural and Physiological Phenotyping."

43. S. Y. Bookheimer, D. H. Salat, M. Terpstra, B. M. Ances, D. M, Barch, R. L. Buckner, G. C. Burgess, et al., "The Lifespan Human Connectome Project in Aging: An Overview," *NeuroImage* 185 (2019): 335 – 348.

44. R. F. Betzel, L. Byrge, Y. H. Joaquin Goni, X. -N. Zuo, and O. Sporn, "Changes in Structural and Functional Connectivity among Resting-State Networks across the Human Lifespan," *NeuroImage* 102 (2014): 345 – 357.

45. C. J. Honey, R. Kotter, M. Breakspear, and O. Sporns, "Network Structure of Cerebral Cortex Shapes Functional Connectivity on Multiple Time Scales," *Proceedings of the National Academy of Sciences* 104, no. 24 (2007): 10240 – 10245; C. J. Honey, O. Sporns, L. Cammoun, X. Gigandet, J. P. Thiran, R. Meuli, and P. Hagmann, "Predicting Human Resting-State Functional Connectivity from Structural Connectivity," *Proceedings of the National Academy of Sciences* 106, no. 6 (2009): 2035 – 2040.

46. M. Y. Chan, D. C. Park, N. K. Savilia, S. E. Petersen, and G. S. Wig, "Decreased Segregation of Brain Systems across the Healthy Adult Life Span," *Proceedings of the National Academy of Sciences* 111, no. 46 (2014): E4977 – E5006.

47. Betzel et al., "Changes in Structural and Functional Connectivity"; J. S. Damoiseaux, "Effects of Aging on Functional and Structural Brain Connectivity," *NeuroImage* 160 (2017): 32 – 40; L. Z. Ferreira, A.

C. B. Regina, N. Kovacevic, M. daG, M. Martin., P. P. Santos, G. de G. Carneiro, et al., "Aging Effects on Whole-Brain Functional Connectivity in Adults Free of Cognitive and Psychiatric Disorders," *Cerebral Cortex* 26 (2016): 3851 – 3865; D. C. Park and P. Reuter-Lorenz, "The Adaptive Brain: Aging and Neurocognitive Scaffolding," *Annual Review of Psychology* 60 (2009): 173 – 196.

48. 图 6 – 8 摘自 Chan et al., "Decreased Segregation of Brain Systems across the Healthy Adult Life Span."

49. G. R. Turner and R. N. Spreng, "Prefrontal Engagement and Reduced Default Network Suppression Co-occur and Are Dynamically Coupled in Older Adults: The Default-Executive Coupling Hypothesis of Aging," *Journal of Cognitive Neuroscience* 27, no. 12 (2015): 2462 – 2476.

50. Bookheimer et al., "Lifespan Human Connectome Project."

51. F. -C. Yeh, J. M. Vettel, A. Singh, B. Poczos, S. T. Grafton, K. I. Erickson, W-Y. I. Tseng, and T. D. Verstynen, "Quantifying Differences and Similarities in Whole-Brain White Matter Architecture Using Local Connectome Fingerprints," *PLoS Computational Biology* 12, no. 11 (2016): e1005203.

延伸阅读

The
Mind

概论

Brockman, J. *The Mind*. HarperCollins, 2011. 关于心智的方方面面。

Eagleman, D. *The Brain*: *The Story of You*. Pantheon, 2015. 美国广播事务局(PBS)系列丛书。

Gregory, R. *Eye and Brain*. 5th ed. Princeton University Press, 1997. 视知觉经典畅销书。

Gregory, R. *Oxford Companion to the Mind*. 2nd ed. Oxford University Press, 2004. 逾千页的百科全书式作品,共有300多位作者参与了相关词条的编撰。

Gregory, R. *Seeing through Illusions*. Oxford, 2009. 关于大脑如何知觉世界,错觉能告诉我们些什么?

Pinker, S. *How the Mind Works*. Norton, 1997. 关于心智运行方式的综述类作品。

Ramachandran, V. S. *The Tell-Tale Brain*: *A Neuroscientist's Quest for What Makes Us Human*. Norton, 2011. 收录了大量神经心理学研究案例。

Ramachandran, V. S., and S. Blakeslee. *Phantoms in the Brain: Probing the Mysteries of the Human Mind.* William Morrow, 1998. 妙趣横生的神经心理学研究案例分析。

Sacks, O. *The Man Who Mistook His Wife for a Hat.* Picador, 1986. 一部精彩的、面向大众读者的脑损案例分析。

Wenk, G. L. *The Brain: What Everyone Needs to Know.* Oxford University Press, 2017. 关于大脑运行方式的 112 个问题与解答。

细节

Ariely, D. *Predictably Irrational: The Hidden Forces That Shape Our Decisions.* HarperCollins, 2009.

Barrett, L. F. *How Emotions Are Made: The Secret Life of the Brain.* Houghton Mifflin Harcourt, 2017.

Beilock, S. *How the Body Knows Its Mind: The Surprising Power of the Physical Environment to Influence How You Think and Feel.* Simon & Schuster, 2015.

Blackmore, S. *Conversations on Consciousness.* Oxford University Press, 2005.

Davidson, R. J., and S. Begley. *The Emotional Life of Your Brain: How Its Unique Patterns Affect the Way You Think, Feel and Live – and How You Can Change Them.* Hudson Street Press, 2012.

Duhring, C. *The Power of Habit.* Random House, 2012. 关注个人生活和商业实践中的习惯行为。

Editors of *Scientific American. Remember When: The Science of Memory. Scientific American,* 2013. 关于记忆方方面面的访谈和论文集。

Editors of *Scientific American. The Secrets of Consciousness. Scientific American,* 2013.《科学美国人》杂志关于意识的论文集。

Engelman, D. *Incognito: The Secret Lives of the Brain.* Pantheon, 2011. 探

讨与无意识神经过程相关的经验与行为。

Evans, Jonathan St. B. T. *Thinking and Reasoning: A Very Short Introduction.* Oxford University Press, 2017.

Fernyhough, C. *Pieces of Light: How the New Science of Memory Illuminates the Stories We Tell about Our Pasts.* HarperCollins, 2013.

Gazzaniga, M. *Who's in Charge? Free Will and the Science of the Brain.* HarperCollins, 2011.

Gigerenzer, G. Risk Savvy: How to Make Good Decisions. Oxford University Press, 2014.

Goldberg, E. *The New Executive Brain: The Frontal Lobes in a Complex World.* Oxford University Press, 2009. Goldberg 对额叶执行控制功能的讨论。

Iacoboni, M. *Mirroring People: The New Science of How We Connect with Others.* Farrar, Straus and Giroux, 2009.

Jackendoff, R. *A User's Guide to Thought and Meaning.* Oxford University Press, 2012.

Johnston, E., and L. Olson. *The Feeling Brain: The Biology and Psychology of Emotions.* Norton, 2015.

Kahneman, Daniel. *Thinking Fast and Slow.* Farrar, Straus and Giroux, 2012. 关于问题解决、推理和决策。

Kandel, E. R. *In Search of Memory.* Norton, 2006.

Klingberg, T. *The Overflowing Brain.* Oxford University Press, 2009.

Lieberman, M. D. *Social: Why Our Brains Are Wired to Connect.* Crown, 2013.

Markman, Art. *Smart Thinking: Three Essential Keys to Solve Problems, Innovate, and Get Things Done.* Penguin, 2012. 关于学习、问题解决和创造性。

Mischell, W. *The Marshmallow Test*. Little, Brown, 2014. 关于自我控制。

Montgomery, S. *The Soul of an Octopus: A Surprising Exploration into the Wonder of Consciousness*. Atria, 2015.

Nisbett, R. *Mindware: Tools for Smart Thinking*. Farrar, Straus and Giroux, 2015.

Pessoa, L. *The Cognitive-Emotional Brain*. MIT Press, 2013.

Redish, A. D. *The Mind within the Brain: How We Make Decisions and How Those Decisions Go Wrong*. Oxford University Press, 2013.

Robison, J. E. *Switched On: A Memoir of Brain Change and Emotional Awakening*. Spiegel & Grau, 2016.

Schacter, D. L. *The Seven Sins of Memory*. Houghton Mifflin, 2001.

人名索引（原书页码）

The
Mind

主题索引（原书页码）

The
Mind

页码后如有 f 或 t 分别指"图"或"表"。